小学館文庫

仮面幻双曲

大山誠一郎

小学館

小学館文庫

仮面幻双曲

大山誠一郎

小学館

「ローランがそこで、どんなふうに顔を変えたか、こちらにはぜんぜんわからないのです」

ジョン・ディクスン・カー『夜歩く』井上一夫訳

主な登場人物

占部文彦 ………………………………… 占部製糸社長
　武彦 ………………………………… その双子の弟
　竜一郎 ……………………………… 文彦と武彦の伯父。故人
　貴和子 ……………………………… 竜一郎の妻
三沢純子 ……………………………… 占部家の女中
岡崎史恵 ……………………………… 占部家の料理人
安藤敏郎 ……………………………… 占部家の運転手
藤田修造 ……………………………… 占部製糸専務
立花守 ………………………………… ブローカー
緒方 …………………………………… 双竜町の医師
真山小夜子 …………………………… 占部製糸の女子工員。故人
藤原依子 ……………………………… 占部製糸女子寮の寮母
増尾周作 ……………………………… 整形外科医
黒木和雄 ……………………………… 文彦と武彦の友人
蓮見 …………………………………… 滋賀県警察部刑事課の警部
池野 …………………………………… 蓮見の部下
加山 …………………………………… 双竜町警察署の刑事
出川 …………………………………… 双竜町警察署の巡査
後藤 …………………………………… 警視庁捜査第一課の警部補
川宮圭介 ……………………………… 私立探偵
　奈緒子 ……………………………… その妹

目次

仮面幻双曲

プロローグ　昭和二十一年・冬

1

冬の午後の光が薄汚れた窓から差し込み、がらんとした病室を浮かび上がらせていた。

得体の知れない染みが点々とつき、ところどころ剥(は)がれかけた壁紙。天井からわびしげに吊り下がる裸電球。タイル張りの床に置かれた古ぼけた火鉢。年代物の寝台と椅子。

寝台に横たわっていた占部(うらべ)武彦(たけひこ)は、読んでいたニーチェを枕元に置くと、顔に手をやった。

ごわごわとした手触りがそこにあった。包帯で覆われているのだ。包帯は頭部全体を覆い、外気に触れているのは、目と鼻孔と口だけだった。

武彦は毛布を脇に押しやり、寝台から起き上がった。壁の振り子時計を見ると、四時過ぎを指している。

窓辺に立ち、カーテンを開いて外を眺めた。灰色の空の下、空襲で焼け残った街並みが広がっていた。医院の前の細い道には人っ子一人いない。風が吹きすさんで、路上の紙屑が舞い上がった。その光景はどこまでも寒々しい。まるで自分の心のようだと思った。

ドアにノックの音がした。

どうぞ、と声をかけると、ドアが軋みながら開き、増尾医師が入ってきた。五十代半ば、小柄で貧相な外見で、よれよれの白衣はいったい何日洗っていないのか、見当もつかない。昼間から飲んでいるのか、カストリの臭いがぷんと漂ってきた。どこから見ても人生の敗残者だった。

「具合はどうだね」

医師はしわがれ声で尋ねてきた。酒の飲みすぎで喉をやられたのだろう。

「とてもいいですよ。包帯の下がちょっとむずがゆいのが困りますが」

整形手術を受けてから十日。自分の顔を覆う包帯の感触にも、ようやく慣れ始めたところだった。

「あと少しの辛抱だ。これから包帯を取るから」

「楽しみですよ」

そうは言ったが、内心は不安だった。

──あの医者は飲んだくれのろくでなしだが、整形手術の腕だけはピカイチだ。闇市で聞いた噂を頼りにこの医院を選んだのだが、その選択が本当に正しかったのか、これから明らかになるのだ。

増尾は武彦を椅子に座らせた。鋏を取り出すと、右手を伸ばしてくる。武彦の耳元で包帯を切る鋏の音が響き、包帯が慣れた手つきで巻き取られていく。

この医院には看護婦もいないのだ。ひと月前までは増尾の妻が看護婦をしていたのだが、酒浸りの夫に愛想を尽かして出ていったのだった。看護婦がいない──それも、ここを選んだ理由の一つだった。目撃者は一人でも少ない方がいい。

包帯が完全に取られると、顔が外気に触れて冷たく感じられた。増尾医師が手鏡を差し出す。武彦はそれを受け取り、ゆっくりと顔に近づけた。

そこには、これまでとはまったく違う顔が映っていた。

眉、目、鼻、口、頰、顎。武彦は手術の結果を確かめるように、新しい顔の部分一つ一つを右手で触っていった。続いて顔を動かしてみる。笑った顔、怒った顔、悲しげな顔、楽しげな顔。新しい顔は思い通りの表情を、何の不自然さもなく作り出した。

完璧だった。この顔ならば、誰も自分だとは見抜けないだろう。そう、双子の兄の文彦ですら。これなら、企んでいる計画はきっとうまくいくはずだ。

「どうだ、見事なもんだろう？」

医師は武彦の反応を見ながら、誇らしげに胸をそらせた。

「ええ。望みどおりの顔ですよ」

闇市で聞いた噂は本当だった。酒に身を持ち崩さなければ、この男は医師として富と名声を手にしていたに違いない。

「昔から整形手術の腕にかけちゃ、俺の右に出るやつはいなかった。ドイツに留学したときも恩師によくほめられたものさ。どれ、写真を撮っておくか」

増尾は乾板（かんばん）を使う旧式の写真機を取り出すと、武彦の新しい顔を撮った。十日前、この医院に入院したときにも写真を撮っている。カルテに手術前の顔と手術後の顔をそれぞれ貼るようになっているのだ。写真は増尾がドイツ留学中に嗜（たしな）んだ趣味で、この医院には暗室も設けられているという。

増尾が写真を現像しているあいだ、武彦はニーチェを読んで時間を潰（つぶ）していた。

一時間後、医師は武彦の新しい顔の写真を手にして戻ってきた。それをカルテの手術後の欄に糊（のり）で貼り付ける。手術前の欄には、十日前に撮った元の顔の写真がすでに貼られていた。

「よし、これで終わりだ。——ところで、手術がうまくいったのを見たら、急に酒が飲みたくなったな。待合室へ行かないか」

2

十二月の黄昏（たそがれ）の光が薄汚れた窓から差し込み、雑然とした待合室を浮かび上がらせていた。

戦争が終わったのにまだ剝がされずにいる『ぜいたくは敵だ！』というポスター。詰め物がはみ出た黒革のソファ。部屋の中央には古ぼけた火鉢が置かれ、冷え切った室内をわずかに暖めていた。

「あんたも一杯飲めや」

二人がソファに座ると、増尾がウイスキーの瓶を取り出した。

「ジャック・ダニエルさ。アメリカさんの横流し品だよ。あんたがたんまり金をはずんでくれたんで、闇市で買うことができた」

「結構ですよ」

「おやおや、あんたは酒を飲まないのかい。お堅いこった。出ていった女房も、俺が酒を飲むのを嫌がったもんだよ」

医師はビーカーに琥珀色（こはくいろ）の液体を注ぎ、一気に呷（あお）ると、満足げなため息を漏らした。

「はらわたに沁みるな。アメリカさんはこんなもんを飲んで戦ってたんだ。これじゃあ、日本が負けるのも無理ないわな。——ところで」

医師は不意に鋭い眼差しを武彦に向けてきた。

「訊くのはよくないのかもしれないが……あんた、こんなことして、いったい何が目的なんだ？」

「あなたに大金を払ったのは、そうした質問をしてもらわないためですよ」

冷ややかな返答に、増尾は鼻白んだような顔になった。

「もちろん、そんなことはわかってるさ」

「まさかとは思いますが、私のことを近所の人たちに話してはいないでしょうね？」

「話していないさ」

「それが賢明です」

医師はビーカーにまたウイスキーを注ぎ、ぐいと呷った。

「あんたいったい何者なんだ？　このご時世に、なんでそんなに懐が暖かいんだ？　闇屋でもしてるのか？」

武彦は内心ため息をついた。この男は好奇心がすぎるようだ。

「ちょっとでいいから教えてくれよ。こんなことをしたのは儲けるためか？　儲け話なら、俺にも一枚かませてくれないか。なあ、頼むよ」

「仕方ありませんね。あなたには見事な整形手術をしてもらったことだし、特別に教えてあげましょう」

「恩に着るよ」

「実はね……」

武彦が囁くように言うと、増尾は期待に目を輝かせて身を乗り出した。その瞬間、武彦はジャック・ダニエルの瓶をつかんで立ち上がると、相手の頭に思い切り振り下ろした。

瓶が砕ける耳障りな音と、増尾の悲鳴が交錯した。琥珀色の液体が埃だらけの床に飛び散り、ゆっくりと広がっていく中に、医師のからだがどうと倒れた。

増尾のからだをすばやくうつ伏せにし、その背中に膝を乗せて押さえつけた。それから隠し持っていたロープを相手の首にかけて交差させると、両端を渾身の力で引っ張った。増尾は両手の指を喉とロープのあいだに必死に挟み込もうとした。首筋が真っ赤になっていくのがわかる。増尾は喉から配水管が詰まったような音をもらし、両脚を懸命にばたつかせた。それでも武彦は相手のからだを押さえつけ、ロープを引き続けた。

やがて、医師の動きは小さくなり、完全に止まった。その首ががくりと垂れた。

武彦はしばらくのあいだ、荒い息をついていた。夕日に赤く染まった薄汚い待合室の中で、息遣いだけが響いていた。

赤い光の中に、壊れた人形のようにだらりと手足を伸ばしたからだが倒れている。それを茫然と眺めていると、不意に耳元で砲弾が炸裂した。土砂や肉片が飛び散る。突撃の叫びが木霊する。目の前に倒れたからだが、両手に残る生々しい感触が、記憶の蓋をこじ開けようとしていた。戦地で目にしたいくつもの死の光景が、記憶の奥底から蘇ろうとしている。頭を何度も振ってそれらを追い払った。

医師の脈を取り、死んでいることを確かめた。ハンカチを取り出し、ウイスキーの瓶の破片に残っているはずの指紋を念入りに拭く。それから死体を仰向けにした。

増尾の顔には驚愕の表情が貼り付いていた。見開かれたその目は、武彦を責めているかのようだった。

許してくれ、と呟いた。あんたには何の恨みもない。ただ、兄さんを殺すためには、あんたに死んでもらわなければならなかったんだ。

――お前たち、一卵性双生児だけあってほんまにそっくりや。

今は亡き伯父の声が脳裏に響く。今年の一月二十八日に双竜町へ兄とともに着いたとき、伯父は心からうれしそうにそう言ったのだった。

――双子があとを継いだとき、占部家はいつも栄えてきたんや。せやから、お前たちの代もきっと栄える。

残念ながらそうはいかなかったんですよ、伯父さん。僕と兄さんのあいだには越えがたい溝がある。どうしても相容(あいい)れることができない。だから、こうするしか仕方ないんだ。

犯行計画は細部まで完全に出来上がっている。最終的な目標は、兄の文彦の殺害。決行は、来年の十一月二十日の夜。それまでにしなければならないことの多さと困難さを思い出し、武彦は不意に不安に襲われた。

できるだろうか。最後までやり遂げることができるだろうか。

これまでの人生でただ一人愛した女の顔を思い浮かべた。その微笑(ほほえ)みを、その声を脳裏に蘇らせた。彼女のためにやらなければならない。たとえこの先、どれほどの困難が待ち受けていようとも。

腕時計を見ると、午後五時十七分。六時には近所の主婦が夕食を届けにここへやって来るはずだ。それまでにはここを去らなければならないが、その前に一つ、しておくべきことがある。

それは、自分が整形手術でどのような顔を得たのか、この世の誰にもわからなくすることだった。武彦はカルテを探し始めた。

一の奏　隠された顔

1

煤煙（ばいえん）とともに汽車が走り去ると、わたしと兄は北陸線双竜駅のプラットフォームで伸びをし、新鮮な空気を吸い込んだ。

昨夜、二十一時三十五分発の急行で東京駅を発（た）ち、混（こ）み合う三等車で過ごすこと九時間ののち、今朝六時三十五分、米原（まいばら）駅に到着。車内ではほとんどからだを動かせなかったので、米原駅に降り立つとすぐに駅構内を歩き回ってからだをほぐし、弁当を買って食べた。それから敦賀（つるが）行九時四十分の列車に乗り、双竜駅に着いたのが十時二十二分。

空気は冷たく、東京より二、三度低く感じられる。わたしと兄は外套（がいとう）を掻（か）き合わせた。大都市から買い出しに来たらしい大きな荷物を背負った男女が数人、近隣の駅から来たらしい乗客が数人、改札口を抜けていく。

「駅の周りを散歩でもしない？」

兄に提案した。依頼人と待ち合わせる約束の午後二時まではだいぶ時間があるし、米原駅構内を歩き回った程度では、からだのこわばりをほぐせない。そうだな、と兄がうなずく。

駅舎を出ると、そこはちょっとした広場になっており、警察署、町役場、郵便局、公民館、病院、書店、自転車屋、料理店などが立ち並んでいた。広場の中央には噴水まで設けられている。長浜駅を過ぎるとどこも鄙びた雰囲気の駅ばかりだったので、双竜駅の洒落た雰囲気にわたしは驚いた。どうやら、この町はかなり栄えているらしい。

線路に沿うようにして延びている商店街を歩き始めた。買い物籠を手にした主婦たちが、魚屋や八百屋や豆腐屋の店先で立ち話をしている。その周りでは小さな子供たちがはね回っている。東京の焼け跡や闇市を見慣れた目に、それはとても平和な光景に映った。

やがて商店街が途切れ、左手に大きなお寺が見えてきた。かなり広い墓地が横に広がっている。まだ新しい墓石を前に五人の男女が立ち、その前で僧侶が朗々とお経を読んでいた。

ハンカチを口に当てて嗚咽をこらえている洋服姿の二十代の女性二人。高価そうな和装の喪服を着て、ふっくらとした頬と気品のある優しげな目鼻立ちがどことなく観音菩薩像を思わせる四十代の女性。眼鏡をかけた謹厳実直な女教師タイプの五十代の女性。運転手の制服を着た三十前後の男性。この人は、はっとするほどの美男子だった。五人は故人とどのような関係なのだろう。容姿や服装がまちまちであることから見て、親戚同士とは思えない。故人の友人にしては、年齢がばらばらだ。

読経を終えた僧侶に、五人が深々と頭を下げた。「小夜子さんも喜んでいるでしょう」風に乗って女性の声が聞こえてきた。弔われているのは小夜子という女性らしい。

わたしと兄はお寺を通り過ぎ、墓地の横を歩き続けた。しばらく歩いているとお腹が空いてきた。商店街の一角に喫茶店があったことを思い出し、来た道を戻ってそこに入ることにする。

〈マドモアゼル〉という看板を掲げた喫茶店だった。テーブル席が一つ、カウンター席が四つのこぢんまりした店内だ。カウンターに置かれたラジオからは「リンゴの唄」が流れている。店内には客の姿はなく、わたしたちはテーブル席に座った。

カウンターの向こうにはエプロンを掛けた三十代の女性が二人いた。よく似た顔をしているので姉妹だろう。

テーブルの上のメニュー表を手にする。「ホットケーキ」、「アイスクリーム」、「あんみつ」、「コーヒー」、「紅茶」、「ミルク」、「ソーダ水」の七つの品しか載っていなかったが、それでもそれらの文字は輝いて見えた。

　ホットケーキは十五円、コーヒーは十円。妥当な値段だ。もしかしたらまがい物かもしれないが、わたしも兄もこの二つを注文することにした。いつもより懐が暖かいのだ。

　やがて注文した品が運ばれてきた。もう何年も嗅いだことのないコーヒーの芳醇な香りが鼻をくすぐる。口に含むと、懐かしい苦みが広がった。タンポポの根の粉末でできた代用品などではなく、本物だ。ホットケーキには蜂蜜がかけられていた。フォークを入れて口に運ぶと、甘さが広がった。ちゃんと砂糖を使っている。

　わたしたち以外に客はおらず、手持ち無沙汰らしい姉妹は、カウンターの中で会話を始めた。

「今日は小夜ちゃんの一周忌やな」と妹らしい方が言う。

「そうか。小夜ちゃんが亡くなってから、もう一年になるんか……。武彦さんは来てはるんかな」と姉らしい方が言う。

「来てはらへんみたいよ。来てはったら、駅で誰かに見られとるやろ」

「恋人やいうのに、薄情やな。小夜ちゃんのお葬式のときはあんだけ悲しんどって、お兄さんのことをあんだけ非難しとったのに、もう恋人のことを忘れてしもうたんかな。大阪か東京でもええ人でもできたんと違うか」

「武彦さんはそんな軽薄な人やあらへんと思うけどな」

「なんや、あんたは武彦さん贔屓(びいき)か」

「そういう姉さんは、文彦さん贔屓やろ。あわよくば玉の輿(こし)にとか思っとるんとちゃうか」

「思うわけないやろ。いくらなんでも、占部家の御曹司を狙えるほどの玉とは自惚(うぬぼ)れてへんわ。ただ、あの冷たそうな感じがなんともいえへんねん」

「冷たそうな感じって、姉さん、文彦さんと話したこともないやろ。それに、文彦さんも武彦さんも同じ顔やないか」

わたしは兄と顔を見合わせた。依頼の手紙をくれた女性は、占部貴和子(きわこ)という名前だった。占部というのは珍しい姓だ。二人が話題にしている武彦と文彦という人物が、依頼人の女性と縁戚関係にあることは間違いない。『文彦さんも武彦さんも同じ顔』と言ったが、一卵性双生児なのだろうか。

もう一つ気になったことがある。『小夜ちゃんの一周忌』と言ったが、ひょっとして、わたしたちがさっき出くわした法要のことではないだろうか。「小夜子さんも喜んでいるでしょう」という声が、風に乗って聞こえてきたのを憶(おぼ)えている。

兄も同じことを思ったらしい。わたしは思うだけだが、遠慮というものを知らない兄は、カウンターに向かって声をかけた。

「小夜子さんの一周忌なら、さっき見てきましたよ」

二人はぎょっとしたように兄を見た。

「……お客さん、何者？」

「すみません、怪しい者じゃありません。旅行者です」兄は二人の凝視をものともせずに、のんきな顔で答える。

姉の方がわたしたちの荷物をじろじろと見た。

「旅行者？　買い出しやのうて？」

「はあ」

「どっから来たん？　その喋り方やと、東京？」

「そうです」

「このご時世に東京からわざわざこの町まで旅行に来たんか。酔狂やな」

そこで妹が口を挟んだ。

「小夜ちゃんの一周忌を見たって、ほんま？」

「ええ。駅に着いて、ぶらぶら歩いていたら、お寺にたどり着いて、小夜子さんという方の法要がちょうど行われているところに出くわしたんです。集まっている人たちがばらばらなんで、不思議に思いました。親戚でもなさそうだし、仕事仲間でもなさそうだし」

「……どんな人が来とったか、憶えてる？」

「二十代の女性二人と、高そうな和装の喪服を着た四十代の女性と、学校の先生みたいな五十代の女性、運転手の制服を着た三十前後の男性です」

「……武彦さんはやっぱり来てなかったんか」妹の方が落胆したように呟いた。

「その武彦さんというのが、小夜子さんの恋人だったんですか」

「そうや」

「どういう方なんですか。占部家の御曹司だとか？」

「あんた、そこまで聞いとったんかいな」

「はあ、すみません」

兄はにっと笑ってみせた。そうすると妙に愛嬌のある顔になる。

「『文彦さんも武彦さんも同じ顔』とおっしゃってましたが、一卵性双生児なんですか」

「そうや」姉の方が兄の笑顔に釣られたようにうなずいた。「文彦さんが占部製糸の社長、武彦さんが専務や。今は違うけどな」

「占部製糸というのはこの町にある会社ですか」

「そうや。ごっつう大きな会社やでえ。あ、あんた今、大きな会社いうても田舎のことや、東京に比べればたかが知れとる思うて馬鹿にしたやろ」

「とんでもないです」兄は慌てたように手を振る。

「占部製糸はな、滋賀県で五本の指に入る大会社や。琵琶湖のそばに工場を五棟持っとるし、工員も千人ぐらい働いとる。あんたら、駅前広場を見たやろ？　どう思うた？」

「洒落た雰囲気で驚きました」

「このご時世にすごいやろ。占部製糸が町にぽんと寄付して、それで駅前を整備したんや」

「それは立派ですね。そういえば、商店街を通ったんですが、お店もお客さんたちも豊かそうに見えました」

「そうやろ？　この町の人間の三分の一は占部製糸に関わる仕事をしとるし、そうでない人間も恩恵を受けとるんや」

おみそれしました、と兄が言うと、姉は満足そうにうなずいた。

「で、武彦さんの恋人だった小夜子さんはどういう方だったんですか」

「占部製糸の女子工員や」

「専務と女子工員とは、新時代にふさわしい組み合わせですね。でも、小夜子さんはどうして亡くなったんですか」

姉妹は顔を見合わせた。

「……言うてええんかな」

「……どうやろか」

「安心してください、僕は口が堅いです」

兄は胸を張る。姉妹は首をかしげつつ、わたしに目を向けた。

「こいつは妹ですが、僕よりもっと口が堅いです。その証拠に、さっきから一言も喋っていない」

それは兄のずうずうしさに呆れているからだ。

「……ま、ええやろ」姉がうなずいた。「実はな、自殺したんや」

「自殺？　御曹司と交際しているのに、どうしてですか」

「中傷の手紙がばらまかれて、それを苦にしたんや」

「中傷の手紙？」

「去年の九月頃から、小夜ちゃんを中傷する手紙が町内にばらまかれるようになってな。郵便局を通すんやなく、誰かが夜中に直接配ってるみたいやった」

「うちにも一通来たんよ」と妹が言う。

「どんな内容だったんですか」

「まあひどいもんやった。町中の男と関係しとるとか、米原の町で娼婦やったとか
……」

「誰が出しているかはわからなかったんですか」

「わからんかったみたい。警察が片っ端から手紙を回収して、筆跡や指紋を調べたそうやけど、何もわからんかったみたいやな。定規で引いたみたいな字やったから、筆跡鑑定も受けつけんかったんかもしれん。指紋もついてなかったんと違うかな」

姉が言う。

「武彦さんが無茶苦茶怒って、犯人を突き止めてやる言うて、警察に発破かけたいう噂や。それでも犯人はわからんかった」

妹が言う。

「うちの友達が小夜ちゃんの同僚やったんやけど、その話やと、かわいそうに小夜ちゃんは日に日にやつれていって……」

「とうとう自殺してしまったんですね」

「女子寮の自分の部屋で、青酸加里（せいさんカリ）飲んでな。戦争中に自決用に配られたのを使うたみたい」

「武彦さんは嘆き悲しんだでしょう」

「そりゃもう、身も世もなく嘆き悲しんどったわ」

嘆き悲しむだけならよかったんやけどな、と姉が口を挟む。どうしたんですか、と兄は身を乗り出す。

「武彦さんは、中傷の手紙を出したのが文彦さんや言い出したそうなんや」

「それは穏やかじゃありませんね。何か根拠があったんですか」

「そこまでは知らんわ。とにかく、文彦さんと大喧嘩になってな。去年の十二月にこの町を飛び出してしもうた。大阪に行ったとか東京に行ったとかいろいろ言われとるけど、結局、わからずじまい。今頃、どこでどうしてることやら……」

「小夜子さんには家族はいなかったんですか？」

「ちっちゃい頃にお父はんお母はん亡くして、お兄はんと一緒に親戚をたらい回しにされたんやて。尋常小学校を出て占部製糸の工場に入り、寮生活を始めてからは、親戚とも没交渉やったみたい。肝心のお兄はんも十六の年にヤクザになるゆうて親戚の家飛び出してから行方知れずで……」

「それは気の毒ですね……。ところで、僕たちが墓地で見た方たちの中に、高そうな和装の喪服を着た四十代の女性がいましたが、どなたですか」

「貴和子奥様やわ」

あの女性が、わたしたちの依頼人だったのだ。

「どういう方ですか」

「文彦さんと武彦さんの伯母に当たる人。正確に言うと、文彦さんと武彦さんのお父さんのお兄さんの奥さんやな」

「きれいな方ですね」わたしは口を挟んだ。

「せやろ？　湖北のお寺にはあちこちに十一面観音像があるんやけど、それによう似た上品なお顔で……。とても優しゅうて、うちらみたいな者にも分け隔てなく接してくださるんよ」

「この町の出身なんですか」

「いや、京都の方やわ。二十年ちょっと前に、西陣（にしじん）の絹問屋のご実家から、亡くなった旦那はんのところに嫁いで来はったんよ。うちらはその頃、尋常小学校やったけど、今でもその日のことよう憶えとる。白無垢（しろむく）を着たお姿いうたら、それはもう神々しいばかりの美しさで……」

「学校の先生みたいな五十代の女性と、二十代の女性二人がいましたが、どなたかわかりますか」

「それはたぶん、占部製糸の女子寮の寮母さんと、小夜ちゃんの同僚の子たちやな」

「運転手の制服を着た男性は、貴和子夫人の運転手ですね」

「そう、安藤（あんどう）さんや」

「あの人、すごい美男子やろ？　俳優みたい」妹が息を弾ませて言う。

「あんた、武彦さん贔屓やなかったんか」姉が呆れたように突っ込む。

「武彦さんもええけど、あの人もええわ」

「付き合いきれんわ」

そのとき、ドアが開いて客が入ってきた。壁の時計を見ると、一時四十分になろうとしていた。

「兄さん、もうすぐ待ち合わせの時間じゃない？」

わたしは兄をつついて立ち上がった。

「ん？　ああ、そうだな」兄も立ち上がる。

「え、もう行くんかいな」「もうちいと話していきいな」

姉妹が名残惜しそうに引き留めてきた。

「すみません、二時から人と会う約束があるので……」

「それは残念やな。あんたら、この町にはしばらくいはるの？」

「はい、どれぐらいになるかはわかりませんが、しばらく滞在する予定です」

「じゃあ、またここに顔出してや」

「またうかがいます。ホットケーキとコーヒー、おいしかったです」

兄が財布を取り出しながら言う。わたしは、人の懐にたちまちのうちに入り込む兄の才能に今さらながら感心していた。詐欺師としてやっていけるのではないか。

2

双竜駅前の郵便ポストの横に立っておくようにというのが、依頼人の手紙での指示だった。わたしたちは指示どおりに立っていた。

「ねえ、兄さん、本当に大丈夫なのかな。あの手紙が悪戯(いたずら)ってことはないよね」わたしはふと心細くなって言った。

「占部貴和子という女性は実際にいるみたいだから、大丈夫だろう。それに、仮に悪戯だったとしてもかまわないじゃないか」

「どうして？」

「琵琶湖は魚の宝庫だ。地元なら、うまい魚が安く手に入るだろう。魚を腹いっぱい食べて東京に戻ればいい。五千円ももらっているんだ、充分におつりが来る」

わが兄ながら、何と楽天的な男なのだろう、と思う。

占部貴和子という女性から手紙が届いたのは、一週間前のことだった。手紙には、ぜひ依頼したいことがあるので、十一月二十日、滋賀県の双竜町に来てほしいと記されていた。午後二時に双竜駅前に迎えにうかがうという。具体的な依頼内容は書かれていなかったが、手付として五千円の為替を同封する、双竜町に来て依頼を引き受けてくれたら一万円を支払うと記されていた。五千円とはとんでもない金額だ。同封されていた為替を偽物ではないかと疑ってしげしげと眺めたが、どう見ても本物で、事実、郵便局に行くと換金してくれた。こんな大金を投じるからには、悪戯とは思えない。何の依頼も抱えていなかったわたしたちは、はるばる滋賀県へ向かうことにしたのだった。

二時ちょうど、駅前の広場に黒塗りのダイムラーが滑り込んできた。運転手の制服を着た男が降り立つ。墓地で見かけた三十前後の美男子だ。運転手が後部座席のドアを開けると、出てきたのはやはり、気品のあるあの女性だった。喪服から藍色の和服に着替えている。

女性はこちらに目を向けると、微笑みながら近づいてきた。その後ろを運転手がついてくる。

「川宮圭介(かわみやけいすけ)さんと奈緒子(なおこ)さんですね？」

女性が声をかけてきた。はい、とわたしたちは答えた。

「手紙を差し上げました占部貴和子です。遠路はるばるお越しいただき、ありがとうございます」

その声にはかすかな京言葉の響きがあって、それがとても魅力的だった。

「こちらこそご依頼いただきありがとうございます」わたしと兄は頭を下げた。

「東京からこちらまで来るのはさぞかし大変でしたでしょう？」

「ええ、まあ。でも、今のご時世じゃ仕方ありません。ところで、ご依頼はどのようなものなんでしょうか。いただいたお手紙には、具体的なことが記されていなかったんですが……」

「具体的なことは、直接お会いして話そうと思っておりました。実は、他聞をはばかることなものですから、手紙に記すわけにはいかなかったのです。検閲されるそうですから……」

GHQ（連合国軍最高司令官総司令部）が日本国民の手紙類を検閲しているのは公然の秘密だ。

「これから車でわたくしどもの屋敷にお連れしますので、車の中でお話しいたします」

貴和子夫人は、斜め後ろに控えていた運転手に目を向けた。

「安藤、川宮さんたちの荷物を運んで差し上げて」

運転手は頭を下げると、わたしたちの荷物を取り上げて歩き出した。この人が、〈マドモアゼル〉の妹の方が騒いでいた安藤か。確かに格好いい。身長は百六十センチ台半ばで、ぴんと背筋を伸ばしている。わたしと兄の二人分の荷物を両手に軽々と提げ、滑るように歩いていく。アメリカ映画の一場面を観ているようだ。あ、すみません、などと言いながら、わたしと兄はあとを追った。ダイムラーのトランクを開けると、安藤はそこに荷物を入れた。

そうしているあいだにも、道行く人々が貴和子夫人に目を留めては、丁寧に挨拶をしていく。この町での彼女の存在が大きなものであることがわかった。〈マドモアゼル〉の姉妹がほめちぎっていたことを思い出す。彼女は穏やかな笑みを浮かべて挨拶を返している。

貴和子夫人は自動車のステップに足をかけ、優雅な仕草で助手席に身を滑り込ませた。わたしと兄は後部座席に乗り込んだ。

ダイムラーがなめらかに走り出すと、貴和子夫人が口を開いた。

「最初に、わたくしどもの家のことからお話しします。わたくしども占部家は、この双竜町で占部製糸という紡績会社を営んでおります。現在の社長は占部文彦といいまして、わたくしの甥(おい)に当たります。詳しく言うと、わたくしの亡くなった夫で先代社長の竜一郎(りゅういちろう)の弟の息子です。文彦には双子の弟の武彦がおり、占部製糸で専務を務めておりましたが、昨年の十二月にこの町を去りました」

先ほど〈マドモアゼル〉で姉妹が口にしていた武彦の名前が出てきたのでわたしは驚いた。

「わたくしがお願いしたいのは、武彦さんを探すこと、そして武彦さんから文彦さんを守ることなのです」

「守ること？　武彦氏は文彦氏に危害を加えようとしているのですか」とわたし。

「はい」

　どうして、と問いかけて、〈マドモアゼル〉で聞いた小夜子という女子工員に対する中傷の手紙の話を思い出した。

「一年前の今日、武彦さんの恋人が自殺したのです。武彦さんが去年の十二月にこの町を去ったのは、文彦さんと大喧嘩したからなのですが、それは武彦さんが、自分の恋人が自殺した原因を作ったのが文彦さんだと思い込んでいるからなのです」

　やはりその話が出てきた。

「自殺した原因を作ったとは、穏やかじゃありませんね。どういうことなんでしょうか」兄が初めて耳にしたような顔をして訊く。

「武彦さんは占部製糸の女子工員で真山（まやま）小夜子さんという女性と交際していたのですが、この町に彼女を中傷する手紙がばらまかれたのです。彼女はそれを苦にして、とうとう自殺してしまいました。武彦さんは手紙をばらまいたのが兄だと信じ込み、文彦さんをひどく憎むようになったのです」

「どうして手紙をばらまいたのが文彦さんだと信じ込んだんでしょうか」

「兄も小夜子さんのことが好きで、彼女が僕と付き合っていることが許せなかった

──武彦さんはそう言っていました」

「それは本当なんでしょうか」

「……本当ではないと思います。いくらなんでも文彦さんはそんなことをする人では……ですけど、武彦さんはそう信じ込んでいたのです」

「でも、それは去年の話ですね。どうして今頃になって武彦氏が文彦氏に危害を加えようとしているとわかったのですか」

貴和子夫人は膝の上に置いていたハンドバッグから封筒を取り出すと、身をひねって後部座席のわたしたちに見せた。

「こんな封筒が半月前に武彦さんから届いたのです」

封筒の表には、占部邸のものらしい住所と、「占部文彦様」という宛名が書かれている。裏も見せてくれたが、差出人の住所も名前も記されていない。

「この筆跡は武彦氏のものなのですね」

「はい。封筒の中の切り抜きと便箋をご覧ください」

兄は鞄から手袋を取り出してはめ、封筒を受け取った。送り手の指紋がついている可能性を考えたのだ。封筒から切り抜きと折りたたまれた便箋を抜き出す。

切り抜きの上端には、記事枠外の日付が記されていた。「昭和二十一年十二月十四日（土）」となっている。わたしは切り抜きの記事に目を走らせ、思わず息を呑んだ。

整形外科医殺さる　犯人は顔を変えて逃走

東京都王子区王子町二丁目三番地四の増尾外科医院で院長の増尾周作さん（五六）が殺害されているのを十三日の午後六時に夕食を届けに来た近所の主婦が発見、王子警察署に届け出た。増尾さんは洋酒の瓶で頭部を殴打されたのちロープで絞殺されており、死亡時刻は同日午後五時前後と見られる。近所の主婦の話によれば同病院には十日前から患者が一人入院していたが、姿が消えていた。増尾さんの専門は整形外科であり、問題の患者も整形手術を受けたらしく常に顔全体に包帯を巻いていたという。捜査本部がカルテを調べたところ、占部武彦なる名前が記されていたが、住所はでたらめであることが判明し、さらにカルテから手術後の写真が剝ぎ取られていた。捜査本部は問題の患者を犯人と目して行方を追っているが、現在どのような顔になっているか不明のため、捜査の困難も予想される。

記事の横には小さな顔写真が掲げられ、その下に「手術前の写真」と説明が添えられていた。一重瞼で獅子鼻だが、なかなかの好男子だ。

「それが、武彦さんです」

わたしは一年近く前にこの事件の記事を読んだのをぼんやりと思い出した。探偵小説みたいな事件だなと思ったのを憶えている。

「この記事を読んで、まさかと思いましたけれど、その写真はどう見ても武彦さんです。それで文彦さんとわたくしは、武彦さんが十二月にこの町を出てどこに行ったのか、何をしたのかを知ることになりました」

「警察に知らせはしなかったんですか」

貴和子夫人はためらいがちな口調で「知らせませんでした」と答えた。

「警察に知らせたら、武彦さんが犯人であることが間違いのない事実になってしまう気がしたのです。文彦さんも同じ意見でした」

このような話を安藤という運転手の前でしてもいいのかとふと不安になった。だが、貴和子夫人が気にしている様子はなく、安藤の運転ぶりにも変化はなかった。安藤はすでにこの話を聞かされているのだろう。それだけ貴和子夫人に信頼されているのかもしれない。

「ですが、これだけで武彦氏が文彦氏に危害を加えようとしていることにはならないのでは？」

「便箋の文面をお読みください。それも武彦さんの字です」

折りたたまれた便箋を手袋をはめた手で兄が広げる。白い便箋の中央に、三つの文が大きく書かれていた。

十一月二十日を忘れるな。なぜ顔を変えたかわかるか？　お前の近くにいる。

「十一月二十日……今日ですね」

「小夜子さんが命を絶った日です。その日を忘れるなということは、その日に文彦さんに対して危害を加えるという脅しにしか取れません。そして、『なぜ顔を変えたかわかるか？　お前の近くにいる』という言葉は、整形手術で顔を変えて、文彦さんの近くに別人となって潜んでいるという意味にしか取れません」

「確かにそうですね」

「わたくしは警察に届けてはどうかと文彦さんに言いました。ですが、文彦さんは、届けたら弟が殺人者だと認めるような気がするので届けたくない、と。でも、武彦さんがあなたに危害を加えようとしているのは確かでしょうと言いましたが、文彦さんはその可能性に首をかしげました。弟と自分は生まれたときから三十年近くのあいだ、一緒に過ごしてきました、弟が私を殺そうとするとは思えません、と言うのです。

そこでわたくしは、占部製糸の社員から屈強な者を選んで護衛に付けることを提案しました。ですけど、文彦さんはそれにも反対しました。上に立つ者の争いを見せたら、下の者に示しがつかないというのです。そこでわたくしは最後の手段として、外部の信頼できる人間を護衛として雇うことにしたのです。ただ、護衛だけでは根本的な解決にはなりません。やはり、この町で別人として暮らしているかもしれない武彦さんを探し出す必要があります。護衛ができて、しかも人を探すこともできる——そのとき、あなたたちのことが思い浮かんだのです」

「僕たちのことはどこでお聞きになったんですか。自慢じゃありませんが、僕たちの事務所の名がこちらにまで鳴り響いているとは思えないんですが」

「あなたたちもご存じの衣笠（きぬがさ）夫人から聞いたのです。彼女はわたくしの女学校時代のお友達で、先日、久しぶりに電話で話したときに、あなたたちの話題が出たのです」

兄とわたしは半年ほど前、東京の麻布（あざぶ）にある衣笠家という没落華族の邸宅で起きた盗難事件の捜査を依頼され、首尾よく解決に導いた。その衣笠家の女主人が衣笠夫人だった。

「彼女があなたたちの活躍を話してくれたのです。犯人を突き止めただけでなく、暴れる犯人を取り押さえてくださったそうですね。頭もいいし武術のたしなみもあるとほめちぎっていました。それで、あなたたちに依頼することにしたのです。文彦さんに話したところ、ようやく賛成してくれました」

「どうもありがとうございます」

ちなみに、暴れる犯人を取り押さえたのはわたしだ。女学校時代は、体操の授業で習う薙刀が大の得意で、全校で向かうところ敵なしだった。付いたあだ名は「巴御前」。衣笠家の事件のときも、庭に転がっていた物干し竿を薙刀代わりにして犯人を叩きのめした。

「文彦さんが、会社から戻ったらお二人と夕食をともにしたいと申していますので、そのときに詳しい話を聞いていただければと思います」

会社社長と夕食か。占部製糸は潤っている会社のようだし、いいものを食べられるかもしれない。

兄が手袋をはめた手で便箋を器用にたたみ、切り抜きと一緒に封筒に戻すと、貴和子夫人に返した。貴和子夫人はそれをハンドバッグに戻すと、微笑みながら言った。

「お二人ともこんなにお若くて探偵事務所を構えていらっしゃるとはご立派ですね」

「事務所を構えたのは父で、わたしたちは二代目なんです」とわたしは答えた。

「父は昔、警視庁の刑事だったんですけど、特高が幅を利かせるようになったのに嫌気が差して、昭和十四年に退職して探偵事務所を開いたんです」

「では、お父様のあとを継がれたのですね」

「ええ」

「ときどきはお父様に相談なさることもあるのですか？」

「いいえ、父は亡くなったので……」

「それは失礼しました。でも、お子さんたちが立派に活躍されているのをきっと喜んでいらっしゃると思います」

ありがとうございます、とわたしは微笑んだ。

父は一昨年の五月二十四日の空襲で行方不明になった。兄はその頃、出征していて、あの日、大井町の家にいたのは父とわたしの二人だった。空襲警報に目を覚まし、炎の中を逃げ惑っているうちに、わたしは父とはぐれ、それきり二度と会うことはなかった。遺体はついに見つからなかったが、あの日、命を落とした大勢の人たちの中に、父も含まれていたのだろう。

「お二人は、捜査の仕方はやはりお父様に教わられたのですか」

今度は兄が答えた。

「そう言えるかもしれません。捜査の仕方を教わったというほどきちんとしたものではなかったですが。僕や妹が小さい頃、父は、自分が解決した事件を解決の直前まで話しては、『どう思う？』と訊いてくるんです。僕たちが一生懸命考えて答えると、真相を教えてくれました」

そんなとき、兄はしばしば真相を言い当てたものだった。わたしより二歳年上ということもあるけれど、物事を整理し、つなぎ合わせる能力は、悔しいけれど明らかにわたしより優れている。それと、物事を述べる順番を計算して、最大限の説得力を生み出す能力も。兄が帝大に入れたのはこの能力のおかげかもしれない。もっとも、この能力は詐欺師にも活かせるとわたしは思っているが……。

車はいつしか湖岸を走っていた。左手には海かと見まがうほど広い水面が広がっている。琵琶湖だ。前方に、湖に突き出すような敷地が見えてきた。その敷地を取り囲むようにして松が植えられている。松の向こうには、赤煉瓦の洋館が見えた。

まさか、あれが占部家……？　どうやら、占部家は想像していた以上の資産家のようだった。

二の奏　湖岸の館

1

　正門を通り抜けると、敷地には砂利が敷かれ、ところどころに柘植（つげ）が植えられていた。三十メートルほど先に二階建ての洋館が立っている。自動車がゆっくりと進むにつれて、洋館が次第に大きく見えてくる。左右に大きく翼を広げたかたち、古さびた赤煉瓦の壁、背の高い上げ下げ窓。映画や写真の中でしか見たことがない英国の田園に立つお屋敷そのものだった。あまりの威容にわたしも兄も言葉を失った。

　玄関ポーチでわたしたち三人を降ろすと、安藤はトランクからわたしと兄の荷物を取り出し、渡してくれた。それからまた運転席に乗り込むと、車をぐるりと回し、正門から出ていった。占部文彦を会社へ迎えに行くのだろう。

　石段を上がった先の玄関ドアは、幅の広い重厚な樫（かし）材だった。入ってすぐは沓脱（くつぬぎ）になっていた。館の内部は和洋折衷らしい。

「奥様、お帰りなさいませ」

顎の角ばった背の高い女中が控えていて、わたしたちの靴を靴箱にしまい込み、代わりにスリッパを出してわたしたちに履かせた。

わたしは周囲をきょろきょろと見回した。そこは、天井が高く、広々としたホールだった。奥には幅の広い階段があり、二階に通じている。映画のヒロインが階段を降りて姿を現しそうな雰囲気だ。

「すごいおうちですね……」

わたしは圧倒されて呟いた。さすがの兄も驚いた様子で、無言で辺りを見回している。

「亡くなった夫の祖父が、明治三十年に建てたものだと聞いております」

「奥様、またあの男が来ているんですよ」

顎の角ばった女中が貴和子夫人に囁いた。というか、本人は囁いたつもりなのだろうが、声が大きいのでわたしたちにもはっきりと聞こえる。

「あの男って、立花（たちばな）さんのこと？」

「ええ。文彦様はまだお帰りじゃないとあたしが言っているのに、それなら文彦様のお部屋で待たせてもらうって。ずうずうしいったらありゃしない」

「仕方ないわね。放っておきなさい」

どうやら、立花というのは占部家にとって招かれざる客らしい。その名前を口にするとき、女中の顔には嫌悪が、貴和子夫人の顔には困惑が浮かんでいた。

わたしと兄は貴和子夫人に案内されて、ホールの左手の部屋に入った。応接間のようだ。十二畳ほどの広さで、床には毛足の長い絨毯(じゅうたん)が敷かれ、ガラステーブルの両脇にゆったりとしたソファが置かれている。

壁には飾り棚があり、黒塗り金蒔絵(きんまきえ)の工芸品のようなものがいくつも置かれていた。何だろうと思って飾り棚に近づくと、それは十三絃(げん)の琴だった。微妙な反りを加えられた木の本体には漆(うるし)が黒く塗られ、そこに鶴の絵柄の金蒔絵が浮かび上がっている。

「きれいな琴ですね。楽器というより芸術品みたい」わたしは思わず感嘆の声を上げた。

「占部製糸では、お琴に使う琴糸も作っています。琴糸は長時間の激しい演奏に耐えるだけの強さがなければならないのですけれど、占部製糸の琴糸はそれに加えてとても響きがよいと、職人さんにほめていただいているんですよ。このお琴は、そうした職人さんの一人が贈ってくださったものです」

「貴和子夫人は琴を弾かれるのですか？」

「ええ、生田(いくた)流を。情操教育として、工場の女子工員たちにも琴を教えております」

「そうだったんですか」

「毎日工場での単調な作業ばかりだと心が枯れてしまいます。潤いが必要だと思って、希望者を募って、お休みの日に教えているのです。奈緒子さんは何か楽器をなさるのですか？」

「いえ、あいにく何も……」

「こいつが得意なのは運動だけでしてね。走ったり、薙刀を振り回したりするのは得意なんですが、芸術的な嗜みは何一つありません」

兄が言う。むっとするが、事実なので反論できない。

ドアが開き、顎の角ばった女中がワゴンを押して入ってきた。ワゴンには紅茶のポットとティーカップ、クッキーの載った皿。貴和子夫人がそれらをガラステーブルの上に運ぶ。

「お二人ともどうぞソファに腰を下ろして召し上がってください。東京からの長旅、さぞお疲れになったでしょう」

そう言って、ポットからティーカップに紅茶を注いでくれる。いい香りが漂ってきた。紅茶の香りなどもう何年も嗅いでいない。わたしも兄もふらふらとガラステーブルに近づいてソファに座り、礼もそこそこに紅茶を口にした。とてもおいしい。それからクッキーをいただく。こちらもバターと砂糖をふんだんに使っているのがわかり、とろけるようにおいしい。戦争前、兄と一緒に父に連れられて行った銀座の喫茶店、そこで食べたティーセットのことを思い出す。さっき〈マドモアゼル〉でホットケーキとコーヒーを口にしたばかりだが、まだまだいくらでもお腹に入りそうだ。占部邸の料理人が作ったのだという。

紅茶を飲み終え、クッキーを食べ終えたところで兄が貴和子夫人に言った。

「申し訳ありませんが、お屋敷の中と敷地を詳しく見せていただいていいでしょうか。文彦氏を警護するのに必要ですので」

「わかりました。ご案内しましょう」

わたしたちは荷物を応接間に置くと、貴和子夫人について廊下に出た。廊下は二メートルほども幅がある。

「この屋敷は、湖岸に沿って南北に長いかたちをしております。東側が表で、西側、琵琶湖に面した側が裏です。東側にある玄関を入るとすぐにホールがあり、ホールの奥に二階に上がる階段があります。ホールからは左右に、つまり南北に廊下が延びています。ホールの南側は、わたくしたちが今までいた応接間。その南側がサロンで、家族がくつろぐ部屋です」

貴和子夫人は応接間のドアの南側のドアを指す。

「サロンの南側――屋敷の南端が食堂と厨房で、あちらになります」

貴和子夫人は廊下の突き当りにあるドアを指した。その向こうに食堂と厨房があるのだろう。

「そして、こちらがサンルームです」

貴和子夫人は廊下の西側にあるドアを指し、そこを開けて入った。わたしと兄もあとに続く。

そこは三十畳ほどもある部屋で、廊下とは反対側の壁に、床まである大きな窓をいくつも設けてあるのが目についた。確か、フランス窓といったはずだ。室内には丸テーブルが二台置かれ、それぞれに安楽椅子が三脚ずつ配置されている。

フランス窓から望む光景に、わたしは思わず息を呑んだ。屋敷の裏手の庭が一望できたのだ。広々とした庭には築山が設けられ、ところどころに石や灯籠(とうろう)が鎮座している。大きな池があり、その傍(かたわ)らには小屋があった。池は細くなって西側へ続き、その先に水門があった。門は今は閉ざされている。

「水門を抜けて琵琶湖に出られるようになっているのですか」と兄。

「はい。池の傍らにある小屋に小舟をしまってあります。春や夏は、池から小舟で琵琶湖に漕(こ)ぎ出して遊んだりいたします」

なんとうらやましい。

裏庭の西端、琵琶湖との境には、水門以外は松が植えられているが、木々のあいだを通して湖水が見えた。青い湖面に漣が刻まれている。そのはるか向こうには、真正面に島が、右手に山々が見える。まるで一幅の絵のようだった。

沖合には細い杭のようなものが何十本も並んでいた。それについて尋ねると、貴和子夫人は「魞という定置網です」と答えた。

「湖岸から沖合に向かって、竹でできた簀を矢印のようなかたちに並べ、湖岸に向かう魚をつぼと呼ばれる部分に誘い込んで捕まえるのです。何百年も前から行われている漁法だと聞きます」

「遠くに見える島と山々は何ですか？」

「島は竹生島、山々は菅浦半島です」

「竹生島は聞いたことがあります」と兄が言った。「琵琶湖八景の一つですね」

「よくご存じですね。景色がきれいなだけではなく、都久夫須麻神社や宝厳寺があって、古来信仰の対象になっています。――今度は、屋敷の北側をご案内しましょう」

貴和子夫人についてまた廊下に出ると、ホールの方へ向かった。広々としたホールを挟んで反対側にも廊下が延びており、そこを進む。

「こちらが図書室です」

貴和子夫人はそう言って、廊下の右手にあるドアを開けて中に入った。

尋常小学校の図書室ぐらいの広さがありそうだった。窓のある東側の壁と、西側の壁のうちドアのある部分を除き、壁一面に書棚が置かれ、そこに本が整然と並べられている。

「これはすごいですね……」兄が嘆息した。「何冊ぐらいあるのですか？」

「確か、三万冊だったと思います。亡くなった夫の祖父、父、そして夫の三代で集めたものです」

本に目がない兄は、さっそく書棚に近寄ってしげしげと眺めている。わたしも書棚に近寄った。製糸業関係の本や経営関係の本が多いのは当然として、幸田露伴、夏目漱石、森鷗外、志賀直哉、芥川龍之介などの文学書も揃（そろ）っている。

「次は、文彦さんのお部屋に参りましょう」

廊下を出て北側、突き当りのドアが文彦の部屋だった。図書室の隣りで、屋敷の北端ということになる。

「文彦さんのお部屋は、入ってすぐが書斎で、その東側が寝室です。文彦さんがまだ帰っていないので、中に入るのはやめておきます。占部家の者の部屋は二階にあるのですが、当主は一階のこの部屋に住まうことになっています。夫の祖父も、父も、夫自身もそうしていました。夫が亡くなったあとは後継者として文彦さんと武彦さんの二人がいたので、どちらか一方がこの部屋に入るということはなく、空き部屋だったのですけれど、昨年の十二月に武彦さんが双竜町を出てからは、文彦さんはこの部屋に移りました」

「今晩の警護は、文彦氏の部屋のドアの前に椅子を置いて、僕と妹が交代で見張るというかたちにします」

「わかりました。あとで椅子とストーブを廊下に用意いたします」

「使用人の方たちはどこに住んでいるのですか？」

「ホールの奥、二階に上がる階段のすぐ右手にドアがございます。そこを入ると、屋敷の北側へ延びる細い廊下がありまして、その西側に使用人部屋が五部屋並んでおります」

わたしは頭の中で平面図を描いてみた。その細い廊下は、ホールからまっすぐ北側へ延びる廊下、現在わたしたちが立っている廊下のすぐ西側を、並行して延びていることになる。使用人部屋は客人の目にはできるだけ触れないようにするという設計思想だろうが、そうした設計思想を現に見せられると気が重くなるのは、わたしが庶民だからだろうか。

「次は、二階をご案内しましょう。泊まっていただくお部屋は二階にありますので、お荷物をお持ちいただけますか」

わたしと兄は応接間に置いていた荷物を取ってくると、貴和子夫人に続いてホール奥の階段を上がった。

一階と同様、二階も廊下が南北に延びていた。廊下の東側、屋敷の正面側にドアがいくつも並んでいる。

「二階には、占部家の当主以外の者たちの部屋と、客室がございます。あなたがたのお部屋はこちらです」

貴和子夫人は階段に一番近い南寄りのドアを示した。

「文彦氏と武彦氏は、以前はこの二階に部屋があったのですね」

「ええ。階段に一番近い北寄りの部屋が文彦さん、その北側が武彦さんのものでした。今はどちらも空き部屋になっています」

空き部屋とは、東京の住宅不足を考えればうらやましい限りである。

「失礼ですが、奥様のお部屋は？」と兄。

「二階の北端の部屋です」

貴和子夫人は廊下の北側の突き当りにあるドアを指した。

わたしたちは与えられた部屋に入った。八畳ほどの広さで、床には絨毯が敷かれている。寝台が二台、丸テーブルが一台と椅子が二脚。丸テーブルの上には百合(ゆり)の花を挿した花瓶が置かれていた。窓の外には屋敷の表側の敷地が見え、敷地を取り囲むように植えられた松の向こうには田畑や町の家々が見える。そのはるか彼方には雄大な山々が連なっている。こんなところに泊まれるのか。仕事を忘れて思わずはしゃぎそうになった。

2

応接間に戻ったわたしと兄が貴和子夫人としばらく話をしていると、五時半頃、安藤の運転する黒塗りのダイムラーが正門から敷地に入ってくるのが窓から見えた。後部座席には背広姿の男が乗っている。

「あら、文彦さんが帰ってきたわ」

貴和子夫人が窓の外に目を向けて言った。

ダイムラーは車寄せに停まった。安藤が運転席から降りると、後部座席のドアを開ける。占部文彦がゆったりとした動作で降り立った。身長は百六十センチ台半ばだろうか。仕立てのよい焦茶色の背広を着て、右手に鞄を提げている。一重瞼で獅子鼻、尖(とが)った顎。髪はオールバックにしており、なかなかの好男子だ。当然だが、先ほど貴和子夫人に見せられた記事の横に掲げられていた整形手術前の武彦とそっくりだ。

占部文彦は自信に満ちた足取りで玄関へ歩いていった。安藤はその様子を見送っていたが、運転席に戻ると、ダイムラーを敷地の端の方へ走らせていった。その先に車庫があるのが見える。

二十分ほどして、応接間のドアが開いた。

「文彦さん、お客様がお待ちかねよ」貴和子夫人が甥に言う。

「お待たせしました。占部文彦です」

低くよく響く声だった。白のトックリセーターとベージュ色の綿ズボンに着替えている。

「川宮圭介です」と兄が言う。「こちらは妹の奈緒子。よろしくお願いいたします」

「東京から遠路はるばるご苦労だったね。食堂で話しましょう」

わたしたちは応接間を出て廊下を南側へ進んだ。

「立花さんが来ていたみたいだけど、何のご用だったの？」

貴和子夫人が甥に尋ねた。

「なに、いつもどおりですよ。金を貸してくれと言うんです。大切な客が来るので帰ってくれと言って追い払いました」

「文彦さん、差し出がましいことは言いたくないのだけれど、立花さんとお付き合いするのはやめておいた方がいいのじゃないかしら。何かとよくない噂のある人だし……」

「伯母さんも心配性ですね。立花もあれでなかなかよい男なんですよ。それに、以前にもお話ししたと思いますが、私は戦地であの男に命を助けられた恩義があるんです」

貴和子夫人が廊下の突き当りにある食堂のドアを開けた。わたしたちは貴和子夫人に続いて中に入った。先ほど玄関で貴和子夫人を出迎えた顎の角ばった女中――三沢純子（みさわじゅんこ）という名前だそうだ――がテーブルに白いクロスをかけている。貴和子夫人が女中に声をかけた。

「純子ちゃん、わたくしは自分の部屋で夕食をいただくから、わたくしの分はそちらへ運んでくださいな。それから、食堂へお客様たちの夕食を運び終えたら、給仕はいらないから、下がっていいわ。文彦さんとお客様たちは、食堂で内密のお話があるの」

「かしこまりました」

三沢純子は一礼すると、食堂の西側のドアを開けて消えた。そこが厨房らしい。

「伯母さんもここで食べればいいのに」

「いいえ、これはあなたの弟に関わることだから、やはり兄であるあなたが独りで話す方がいいでしょう。わたくしがいたら何かと話しにくいこともあるでしょうし。――それでは、川宮さん、奈緒子さん、ごゆっくり」

貴和子夫人はわたしたちに微笑むと、食堂から廊下へ出ていった。

わたしは食堂を見回した。二十畳ほどの広さで、中央にどっしりとした重厚な作りのテーブルが据えられている。部屋の隅には電気蓄音機が置かれていた。ドアから入って正面の壁と左手の壁には大きな窓が作られている。屋敷の敷地を一望できるのだろうが、今は茶色の厚いカーテンで閉ざされている。

厨房のドアが開き、三沢純子がワゴンを押して食堂に入ってきた。ワゴンの上には料理の盛られた皿が並んでいた。思わず生唾を飲み込む。白米に、さまざまな刺身、ワカサギの塩焼き、貝の味噌汁、馬鈴薯のサラダ、ほうれん草のおひたし、桃の缶詰のデザート。食料不足はどこの国の出来事かと思うぐらいの献立だ。純子は料理をテーブルの上に並べ、一礼して食堂を出ていった。

「遠慮なく食べてください」

主はそう言うと、右手に持った箸を刺身に伸ばし、きれいな仕草で食べ始めた。

わたしと兄も箸を手にした。まずは白米を口にする。あまりのおいしさに涙が出そうになった。何しろ、東京では配給米の量は一日に二合五勺、しかも実際は米より麦、大豆、芋、南瓜、トウモロコシ粉などの方が多く、遅配や欠配も日常茶飯事というありさまなのだ。そして闇米は高いときている。もう何年ものあいだ、白米をお腹いっぱい食べる機会などなかった。

「九月のキャスリーン台風で東京や関東一円はだいぶやられたようですが、あなたたちは大丈夫でしたか？」

「僕たちが住んでいる品川区は雨が激しいだけですみました。ただ、葛飾区や江戸川区は完全に水に浸かってしまい相当の被害が出たみたいです。被害が特にひどかったのは、埼玉、茨城、栃木、群馬ですね」

「そうですか……。私も去年の一月まで東京にいてね。どんな被害が出たんだろうと気にかかっていたんです」

「東京にいらっしゃったんですか。お仕事の関係で？」

「私が生まれ育ったのは東京なんですよ。双竜町で暮らすようになったのは去年の一月からです」

「そうだったんですか」

言われてみれば、言葉遣いが東京人のものだ。

「双竜町は自然が美しくて食料も豊富ですし、いいところなんですが、映画館がないのが玉に瑕ですね。東京にいた頃はよく映画を観に行ったものですが、この町にいると、映画を観るには長浜まで出ないといけない。もちろん一時間もかからずに行けるんだが、列車の本数が少ないし、いちいち運転手に車を出してもらうのも面倒で、東京にいた頃のように仕事帰りに気軽に映画館に立ち寄るというわけにはいかなくなりました。おかげで、ヒッチコックの『断崖』もジョン・フォードの『荒野の決闘』も見逃しましたよ。新聞の評じゃとてもいい映画だったようじゃないですか。ご覧になりましたか？」

「『荒野の決闘』は観ました」

「それはうらやましい。私も近いうちに双竜町に映画館を作ろうと考えているんです」

「占部製糸は町にいろいろ寄付をしているそうですね」

「うちの会社は双竜町の住民の多くを雇っています。住民の生活の質を上げることが、ひいてはうちの製品の質を上げることにつながりますから」

「双竜町で暮らされるようになったのは去年の一月からということですが、それまでは占部製糸で働いてはいらっしゃらなかったんですか」

「ええ。それまでは兵隊に取られ、その前は東京の商事会社で働いていました。実を言うと、占部製糸の存在を知ったのもつい最近、一昨年の十一月なんですよ。身内の恥をさらすようだが、私たちの父は、若い頃に母を連れてこの町を飛び出したんです。父と伯父は、兄弟仲がとても悪かったらしい」

「それは大変ですね」

「私と弟が物心ついた頃、父の竜司（りゅうじ）は東京の本所（ほんじょ）区で小さな下宿屋を営んでいましった。私と弟は、一卵性双生児であることで、ときおり奇異の目で見られることもあったが、それを除けばごく平凡な子供時代を過ごしましたよ。一卵性双生児といっても性格は別で、私がどちらかといえば外交的で、近所の子供たちを率いて遊ぶのが好きだったのに対して、弟はいつも独りで本を読んだり絵を描いたりして遊ぶのが好きな子供でした。一卵性双生児なのにどうしてそんなに性格が違うのだと、周囲からいつも不思議がられたものです。二人とも同じ商業学校を出たあと、私は築地の商事会社で、弟は当時景気のよかった軍需会社で働き始めました」

昭和二十年二月、兄弟のもとに召集令状が届いた。二人はともに陸軍に取られ、文彦はフィリピンの戦線へ、武彦は中国大陸の戦線へ送られた。

二人はこのおかげで命拾いしたとも言える。というのは、三月十日未明、米軍のB29の大編隊が東京の主に下町地域を襲い、焼夷弾の雨を降らせたからだ。十万人にも及ぶ死者の中に、文彦と武彦の両親も友人知人も含まれていた。

もちろん、このときの文彦がそんなことを知るはずもない。内地の被害状況は軍事機密であり、外地の一般の兵士たちに知らされることは絶対になかった。

八月十四日、日本はポツダム宣言の受諾を決定し連合国側に通知、翌十五日には天皇の玉音放送で宣言の受諾が発表され、戦争は終わった。ミンダナオ島にいた文彦たちの部隊も武装解除され、米軍の捕虜収容所に入れられた。幸運なことに、その年の十一月初めには、文彦は日本に戻ることができた。

転機が訪れたのは、文彦の乗った復員船が到着した博多でのことだった。

内地の情報に飢えた復員兵たちは、先を争って新聞を読む。文彦も例外ではなく、博多の復員施設に備え付けられた新聞の綴じ込みをむさぼり読んだ。そのとき初めて、三月十日の空襲で本所区が大被害を受けたことを知ったのだった。いても立ってもいられず故郷に向かおうとした文彦だったが、同時に、新聞の尋ね人欄で気になる投稿を目にした。

――東京本所区出身の一卵性双生児の占部文彦と武彦、連絡請う。父は竜司、母は絹江なり。滋賀県双竜町、占部竜一郎より。

それを読んだ文彦は驚いた。これは自分と弟のことではないか。出身地も、双子であることも、両親の名前も当てはまる。だが、占部竜一郎という見も知らぬ男がなぜ、自分と弟を探そうとするのだろう？　姓が同じであることが関係あるのだろうか。占部というのは珍しい姓だ。ひょっとして、親戚なのだろうか。しかし、滋賀県に親戚がいるなど父からも母からも聞いたことがない……。文彦はそんな疑問を抱きながら、十一月中旬、東京へ戻る途中で、湖北にある双竜町を訪ねてみることにしたのだった。

「私が双竜駅の駅員に、占部竜一郎という人のお宅はどこですかと訊くと、駅員は私をじろじろ見て、あんたは誰だと尋ねてきました。私が新聞の尋ね人欄のことを話すと、駅員は目を丸くして、大慌てでどこかに電話をかけ始めた。しばらくして、駅前の広場に立派な車が停まり、運転手に付き添われて興奮した面持ちの老人が現れました。老人は私の顔を見るなり、驚愕の色を浮かべて立ち尽くし、それから我に返ると、『竜司にそっくりや』と叫んで抱きしめてきた。私は茫然としてされるがままになっていた。それが伯父の竜一郎だったんです」

やがて落ち着きを取り戻した竜一郎は、事情を語り始めた。

それによると、占部家は、戦国時代より続く名家である。幕末までは庄屋だったが、明治十年、会社組織を設立して生糸の工場生産を始め、巨額の富を築いた。大正六年、竜一郎の弟である竜司が、兄と喧嘩をした末に、妻を伴って屋敷を飛び出した。竜司はもともと兄と折り合いが悪かったのだが、占部製糸の経営方針を巡って衝突したのだ。

そのとき竜司の妻の絹江は妊娠していた。六か月後、東京で絹江が双子を出産し、文彦と武彦と名付けたという便りが占部家に届いた。弟夫婦は本所区で下宿屋を営んでいるという。だが、竜一郎は会いに行こうともせず、それきり弟との交際は途絶えた。

昭和二十年三月の末、竜一郎が病に臥せった。彼は弟の息子たち――彼にとっては甥たち――を呼び戻したいと願い、東京へ使者を送った。だが、上京した使者が知ったのは、三月十日の空襲で竜司の営む下宿屋が焼失し、家族も死に絶えていたという事実だった。肝心の甥たちも出征していて連絡が取れない。竜一郎はそれを聞いてひどく落胆し、もっと早く弟と連絡を取らなかったことを悔やんだ。そして、終戦後、新聞の尋ね人欄を使って、文彦と武彦の所在を求め続けたのである。それがようやく実を結んだのだった。

「伯父の竜一郎は、私と弟が一卵性双生児であることを、何よりも気に入っていました。というのも、占部家は双子の家系で、これまでしばしば双子――それも今で言う一卵性双生児が生まれてきたからです。戦国時代、領主だった占部家の地位を確固たるものにしたのは双子の兄弟だと言われているし、明治十年、占部製糸を設立したのもやはり双子の兄弟だった。江戸時代にも、何代か双子の兄弟が生まれたといいます。そして、そうした時代に占部家はとりわけよく栄えたという。伯父は病に臥せって以来、このままでは占部家は絶えるのではないかと憂えていました。伯父はそれを悔しがり、なんとしてでも占部家をもう一度盛り立てたいと考えていた。そんな伯父にとって、一卵性双生児の相続人を探し出すことは、占部家復興の鍵とも思えたらしいのです」

文彦は伯父に、弟を伴って占部家に戻ることを約束し、二十年の十一月下旬、東京へ復員した。東京は一面の焼け野原となり、あちこちに闇市が立ち、進駐軍兵士たちが行き交う見知らぬ街と化していた。本所区の実家は三月十日の空襲で焼け、家族は全員死亡していた。家族だけではない。友人や知人のすべてが亡くなっていた。文彦は実家の焼け跡に立ち尽くし、足元が崩れ落ちるような衝撃を受けていた。

中国大陸の戦線に送られた弟の武彦の消息も不明だった。大陸の日本兵は国民党軍の捕虜となり、いつ帰国できるかまったくわからなかったのだ。文彦はすっかり虚脱したものの、実家の焼け跡にバラックを建て、弟の復員を待った。

その年の暮れ、武彦がようやく復員してきた。焼け跡を見て茫然とする弟に、文彦は占部家の話をし、武彦も伯父の養子となることに同意した。家族や友人知人が死に絶えた東京には何の未練もなかった。翌二十一年の一月二十八日、二人は双竜町へ移り住んだ。

「私と弟がこの町に着いた日のことはよく憶えています。寒く、雪が積もってはいたが、雲一つなくよく晴れた日でした。伯父は大層な喜びようでしたよ」

竜一郎の指示で、双竜駅前の広場に双竜町民や占部製糸の工員たちによる歓迎の行列ができた。文彦と武彦が列車から降りてくると、竜一郎は双子を抱きしめた。まったく同じ顔をした兄弟を両腕に抱えながら、竜一郎は嬉し涙を流した。もうどこへも行かんでくれ、これからはお前たちがわしの頼みの綱やと繰り返した。歓迎の行列が万歳の声を上げる中、文彦と武彦は自動車に乗り込み、占部邸へ運ばれた。屋敷ではさっそく、町の主立った者たちを招いて盛大な宴が催された。

「私と弟はそれぞれ部屋を与えられ、この屋敷で暮らし始めました。伯父は私と弟を連れて町を歩き回ったり、工場へ連れ出したりして、製糸業や会社経営についてみっちりと教え込んでくれましてね。伯父は後継者を得たことで安心したのか、八月にクモ膜下出血で亡くなった。享年六十七歳だった。占部家の当主の座は私と弟がともに継ぎ、占部製糸の役職の方は、私が社長、武彦が専務ということになりました。

私と弟は二人して占部家を盛り立てていくはずだったが、残念ながらそうはならなかった。ちょうど一年前の今日、弟が付き合っていた女子工員が自殺したのです。その前から、この町には彼女を中傷する手紙がばらまかれていて、それが原因だったらしい。弟は嘆き悲しんだが、数日経つととんでもないことを言い出した――中傷の手紙で彼女を自殺に追いやったのは兄さんだ、と」

「なぜ、そんなことを？」

「私もその女子工員のことが好きで、嫉妬したからだという。馬鹿馬鹿しくて開いた口が塞がりませんでしたよ。今の時代、身分だのなんだの言うつもりはないが、それでも社長と工員が付き合ったり結婚したりするわけにはいかない。私が工員を恋愛の対象として見ることなどあるわけがない。ところが、いくら私が否定しても弟は聞く耳を持たなかった」

「もちろん、中傷の手紙は出していらっしゃらないんですよね」

「当たり前ですよ。私はそんな暇人じゃない」

だが、わたしはその否定の仕方にほんのわずかなわざとらしさと後ろめたさを感じた。この男は、本当は中傷の手紙を出したのではないか……。

「私と弟の仲はどんどん悪くなっていった。そして、十二月一日、武彦は朝食の席で、この屋敷から出ていくつもりだと宣言しました。伯母は必死で引き留めたが、弟の決心は固かった」

「あなたは引き留めなかったのですか？」と兄が訊く。

「ええ、私と弟の仲は修復不能になっていましたから。弟は行き先も告げず、三十万円の新円の入ったトランクだけを持って出ていった」

三十万円とは大変な額だ。家一軒買える。

「そのあと、弟さんから連絡は？」

「いっさいなかった。そのために、伯母は弟のことをひどく心配していましたよ。私も弟の行方が気にならないではなかったが、占部製糸の経営に忙殺されていてそれどころではなかった。例の新聞記事を読んで初めて、私は弟がどこで何をしたのかを知った。まさか、整形手術を受けて顔を変え、口封じのため医師を殺していたとは……」

「貴和子夫人は武彦さんがこの町に別人となって暮らし、あなたに害を加えようとしていると考えていらっしゃいますが、あなたも同じ意見ですか」

「……三十年近く一緒に暮らしてきた弟がそんなことを考えているとは信じたくないが、状況から見れば、そう判断するのが妥当だと思います」

「警察に話すおつもりはないそうですね」

「ええ。警察に話したら、弟が犯人であることが確定してしまうような気がするのです。心のどこかでまだ弟を信じているのかもしれない」

「占部製糸の社員や工員の方に護衛してもらうおつもりはないのですか？」

「経営者の家族のごたごたを社員や工員には知られたくないのですよ。彼らの労働意欲を削ぐことにつながりかねませんから。それに、占部製糸の中も一枚岩ではなくてね。いくら経営者の一族とはいえ、これまで双竜町に足を踏み入れたことすらなかった若造がやって来ていきなり社長になったことを快く思わない連中は社内にもかなりいます。社員や工員を護衛に使えば、そうした連中が公私混同だと騒ぎ立てることは目に見えている。連中に攻撃材料を与えるつもりはありません。そうしたら伯母が、信用がおける私立探偵だといってあなたたちを紹介してくれたのです」

「今晩は、僕と妹が交代で警護に当たります。明日の日中は、この町にいるだろう武彦さんを探し出す仕事を果たしたいと思います。顔は変えることができても、身長や血液型を変えることはできません。まず、武彦さんの身長と血液型を教えていただけますか」

「私と同じで、身長は百六十六センチ、血液型はAB型です」

「弟さんは昨年の十二月十三日に整形外科医を殺害しているので、この町にやって来たとすれば、翌十四日以降です。十二月十四日以降にこの町に転入した人物を調べる必要があります。町役場に、この日以降に転入してきた人物の一覧を作るように頼んでいただけますか。弟さんは別人の転入届を役場に提出している可能性があります。一般人が頼んだなら断られますが、この町に多額の寄付をしている占部製糸の社長であるあなたの頼みならば、断らないでしょう。それから、占部製糸の従業員の方々に協力していただいて、昨年の十二月十四日以降にこの町にやって来た人間について、何でもいいですから情報を集めてください」

「わかりました」

今は別人に成りすますには好都合な時代だ。空襲のために戸籍簿や住民票が灰燼に帰した市町村は多い。そうしたところの出身ということにすれば、身元を偽ってもばれにくい。あるいは、満洲帰りということにしてもいい。中国東北部に存在していた日本の傀儡国家である満洲帝国は、昭和二十年八月、ソ連軍の対日参戦の直後に滅び去った。そこの行政組織に問い合わせることはもはやできない。

3

夕食が終わったのは六時半のことだった。わたしの前の皿も兄の前の皿もすっかりきれいになっている。わたしは満足のため息をついた。たぶん、ここ数年でいちばん豪華な夕食だった。

食堂のドアが開き、貴和子夫人が入ってきた。

「わたくしは七時からの婦人会に出かけるけれど、何か用はない？」

「特にありません。伯母さん、私はもう休むことにしますよ。どうもからだの調子がよくないのでね」

「大丈夫？」

貴和子夫人は甥を心配そうに見やった。

「ええ、大丈夫です。大したことはない。一晩寝れば治るでしょう。――圭介さん、奈緒子さん、悪いが部屋の前で寝ずの番を頼みますよ」

「わかりました」

「あなたたちの部屋は二階の客室だ。疲れたらそこで休んでください」

わたしと兄は依頼人に続いて食堂から廊下に出た。

「文彦様、今日の料理のお味はいかがでしたか」

五十前後の小太りの女性が話しかけてきた。料理人らしい。だが、彼は答えず、尊大にうなずいただけだった。

廊下を進んでホールに出て、二階に上がる階段を左手に見つつホールを抜け、北側へ延びる廊下を進む。突き当りの文彦の部屋のドアを開けようとするのを、兄が制した。

「待ってください。弟さんがこの部屋に隠れて待ち伏せしているかもしれない。僕と妹が先に入ります」

「お願いします。灯(あか)りのスイッチは、入って右手の壁です」

わたしと兄は足を踏み入れ、灯りを点(つ)けた。

そこは八畳ほどの広さの書斎だった。左手の壁にある窓に面して机を置いてある。右手の壁には書棚が置かれ、経済書や法律書が並べられていた。文芸書や哲学書がいっさいないのは、占部文彦の性格を示しているようだ。

向かいの壁にはドアがあり、そこを開けると、同じく八畳ほどの広さの部屋があった。こちらは寝室のようだ。正面に背の高い上げ下げ窓が二つあり、今は濃紺のビロードのカーテンで閉ざされている。部屋の右側の壁に接して、アール・ヌーボー調の装飾が施された寝台。その横には卓上灯の載ったサイドテーブル。部屋の左隅には大型の衣装トランクが置かれている。床には毛足の長いベージュの絨毯が敷かれていた。占部家当主の寝室にふさわしい、贅沢な部屋だった。

兄が寝台の下を覗き込んだが、そこには誰もいなかった。ほかには犯人が隠れられそうなところはない。衣装トランクは人間が隠れられそうなほど大型だったが、あいにく錠がかけられているから、中に犯人が隠れているということはありえない。わたしはカーテンを開き、上げ下げ窓の片方を押し上げた。外には柘植や松の植えられた前庭が広がっていた。闇の中に目を凝らしたが、不審な人影は見当たらなかった。兄は廊下の方へ「占部さん、大丈夫ですよ」と声をかけ、部屋に招き入れた。

「窓に鎧戸のようなものは付いていますか?」

「付いています」

「でしたら、鎧戸も閉めておきましょう。窓からの侵入を完全に防ぐことができますから」

兄は鎧戸を閉めた。螺子式の鍵がついているので、施錠する。それから上げ下げ窓を下ろし、こちらも施錠した。

「誰が来ても絶対に窓を開けないでください。弟さんは、どんな人物に成りすましているのかわからないのですから」

「言われるまでもない。絶対に開けませんよ」

「僕と妹はドアの外で交代で見張っています。何かあったら呼んでください。すぐに駆けつけますから。それでは、失礼します」

ドアが閉められ、施錠の音が小さく響く。

生きている彼をわたしたちが見たのは、それが最後だった。

三の奏　当主の死

1

わたしと父は、預金通帳、米穀通帳、食料、衣類など貴重品が入ったリュックを背負い、防空頭巾をかぶって走っていた。

夜だというのに昼間のように明るい。辺りの家々が炎に包まれ、白い煙を上げている。人々が逃げ惑っている。大八車に荷物を山と積んで引いている人もいる。地面に倒れて動かなくなった人も。

ざあっざあっと雨が激しく降るような音がする。焼夷弾が空から降り注いでいるのだ。あちこちで火の手が上がる。

――こっちはだめだ！　火に囲まれてる！

何人もの人がそう叫んで、煙の中を引き返してくる。わたしもそれを聞いて反対方向へ走り出す。

空にはB29の銀色の機体が何十機も見える。そこから焼夷弾が落とされ、地上に次々と炎の花が咲いていく。銀色の機体が地上の炎を映して赤く染まっている。機体目がけて地上から撃たれる高射砲が光の軌跡を描く。その光景は美しくさえあった。地獄の美しさだった。

ふと気がつくと、父の姿が見えなかった。いつの間にかはぐれてしまったらしい。

——父さん！

足を止めて叫んだが、父の返事は聞こえなかった。

——父さん！

やはり返事はない。もう一度叫ぶ。

——父さん！

「おい、起きてくれ」

乱暴に揺すぶられて目を覚ました。

兄がいつになく不安そうな顔で見下ろしていた。一瞬、自分がどこにいるのかわからなかった。見回すと、丸テーブルや、その上に置かれた花瓶、そこに挿された百合の花が目に入った。背中には柔らかな寝台の感触。そこでようやく、自分が占部家の二階にある客室にいることを思い出した。

昨晩、わたしは午前零時まで、占部文彦の部屋の前の廊下で椅子に座って見張りをし、そのあと兄と交替したのだった。

夢を見ていたようだ。一昨年の五月二十四日の夜、品川区がB29の空襲を受けたときの夢を。

「……今、何時？」

わたしは顔をしかめて聞いた。

「朝の八時だ」

「どうしたの？」

「文彦氏が起きてこないんだ。女中さんに聞いたところでは、文彦氏はいつもは七時に起きるそうで、しかもこれまで寝坊したことなど一度もないそうなんだよ。部屋の中に入ってみる必要がある。奈緒子、お前も付き合ってくれ」

わたしは跳ね起きた。

「文彦氏が起きてこないって本当？」

「ああ。いくら呼びかけても出てこない」

一気に眠気が吹き飛んだ。兄について階段を降り、占部文彦の部屋の前に向かう。貴和子夫人と女中の三沢純子が心配そうな顔で廊下に立っている。

「占部さん、起きておられますか」

兄がドアをノックする。だが、返事はなかった。兄はもう一度呼びかけながらノックした。やはり返事はない。兄はドアノブをひねったが、鍵がかかっていた。

「合鍵はありますか？」

兄が問うと、「サロンにあります」と貴和子夫人が答えた。それから三沢純子に、「取ってきてくださる？」と頼む。彼女は小走りで廊下を走り、すぐに鍵を持って戻ってきた。

「あなたたちは廊下にいてください」

兄は貴和子夫人と三沢純子に言い、それからドアの鍵穴に鍵を差し込んで回した。かちりという音が響く。

兄がドアを開けて中に足を踏み入れ、わたしはそれに続いた。書斎には誰もいない。そのまま進み、寝室のドアを開けた。そのとたん、心臓を鷲掴み（わしづかみ）にされたような気がした。

寝台の上に占部文彦が仰向けになっていた。白のトックリセーターにベージュ色の綿のズボンという服装だ。左胸にナイフが突き立てられ、その周囲が赤黒く染まっていた。卓上灯の載ったサイドテーブルも、部屋の左隅に置かれた大型の衣装トランクも昨夜と変わらないが、寝台の上だけに異変が起きていた。

依頼人を守れなかった——その思いが胸に突き刺さり、わたしは足が震えた。兄も唇をかみしめ、じっと立ち尽くしている。

背後で小さな悲鳴が聞こえた。振り返ると、戸口に立った貴和子夫人が大きく目を見開いていた。

「奥様をサロンにお連れしてください」

兄が、貴和子夫人の背後にいた三沢純子に言う。彼女はがくがくとうなずくと、貴和子夫人を抱えるようにして出ていった。

ふと疑問が湧き起こった。犯人はどこから侵入したのか？　昨晩、午前零時まではわたしが、それ以降は兄が、文彦の部屋の前の廊下で見張りをしていた。ドアからは誰も侵入していないことは確かだ。とすれば、考えられることは一つしかない。

わたしは窓に近づくと、濃紺のビロードのカーテンを横に払った。思ったとおり、窓と鎧戸が開かれていた。冷たい朝の空気が開いた窓から流れ込んでくる。

兄が窓の近くにしゃがみ込み、床の絨毯に顔を近づけた。わたしも兄が何を見ているのか気がついた。毛足の長いベージュの絨毯に、茶色いものがいくつも付着している。

「……土のかけらね」

「ああ。庭の土だろう。犯人は窓から侵入したんだ」

「文彦氏はいったいいつ殺されたのかしら……？」

「服装が昨夜のままであることと、血が乾いていることから考えて、昨夜遅くだろうな」

ひょっとしたら、わたしが廊下で見張りをしていた時間帯かもしれない。だが、現場であるこの寝室と廊下のあいだには書斎があるため、多少の物音がしてもわたしの耳には届かなかったのだ。わずかドア二枚隔てた部屋で犯行が行われていたというのに、自分は何も知らず、何もできなかった――悲しみと憤りに全身を揺さぶられるような思いだった。

わたしは開いた窓から身を乗り出し、外を見回した。窓の下の地面は堅く乾いていて、犯人の足跡は残っていない。空は青く晴れ、晩秋の湖北の朝の空気は身震いするほど冷たかった。庭の柘植や松の香りが漂ってくる。殺人のあった翌朝にはあまりに不似合いだ――そんなことを思い、そこで肝心なことに気がついた。

「でも、犯人が窓から侵入したといっても、どうやって？　文彦氏は武彦を警戒していたのよ。犯人はどうやって文彦氏に窓を開けさせたの？」

兄は沈鬱（ちんうつ）な声で答えた。

「考えられることは一つしかない。犯人は、文彦氏に信頼されている人物だったんだ」

2

蓮見（はすみ）たちの乗った自動車が双竜町に到着したのは午後二時過ぎだった。双竜町警察署から殺人事件発生の報を受け、大津の滋賀県警察部の庁舎を出たのが午前九時前。草津、守山、近江八幡（おうみはちまん）、安土、米原、長浜を経てようやくたどり着いた。

双竜町警察署、町役場、郵便局、公民館、病院、さまざまな商店が集まった北陸線双竜駅前の広場でいったん停まる。双竜町警察署に顔を出すと、刑事課の刑事は全員、現場に行っているという。現場までの道案内に、巡査を一人付けてくれた。

巡査の案内で走った。やがて、青くきらめく琵琶湖が見えてくる。湖の手前で右に折れ、湖岸を北に走ると、松で取り囲まれた広大な敷地が琵琶湖に突き出すように広がっているのが見えてきた。松の向こうには、赤煉瓦造りの二階建ての洋館が立っている。さらに近づくと、敷地の右手、湖とは反対の側に正門があるのが見えた。三十手前に見える丸い鼻の制服警察官が一人、正門前に立って見張りをしている。蓮見は運転していた池野（いけの）刑事に車を停めさせると、窓を開けた。

「滋賀県警察部刑事課の者だ」

制服警察官はさっと敬礼した。

「ご苦労様です。お待ちしておりました」

「車は中に停めたらいいんだな？」

「はい。ご案内します」

「いや、案内はいい。お前さんは見張りを続けてくれ」

蓮見は車を進めさせ、敷地に入った。砂利敷きで、ところどころに木が植えられている。敷地にはすでに二台の車が停められていた。双竜町警察署のものだろう。その横に車を停めさせる。刑事たちは次々と降り立ち、伸びをした。ずっと車に乗っていたせいで、からだがちがちに凝っている。大津を出たときは洗い立てだった車は、今はすっかり土埃で汚れていた。

車の音を聞きつけたのか、玄関の扉が開き、五十代前半の朴訥（ぼくとつ）そうな男が出てきた。

「双竜町警察署刑事課の加山（かやま）です。遠路ありがとうございます」

「滋賀県警察部刑事課の蓮見です。よろしくお願いします」

滋賀県内で起きる殺人事件の一つ一つに県警察部の刑事が出張るわけではなく、小さな事件なら地元の警察署のみで対応する。しかし今回は、それなりの規模の会社の社長が被害者で、事件の影響も大きいことから、県警察部の刑事が担当することになったのだった。

捜査班の一行は靴を脱いで上がり込んだ。そこは大きなホールだった。幅の広い階段が二階へ続いている。

「これはすごいですね……」

池野刑事が周囲を見回しながら嘆息する。蓮見も同感だった。大会社の社長とはいえ、しょせんは湖北の田舎者と侮っていたが、認識を改めなければならない。

「遠路ご苦労様です。社長を手にかけた犯人を捕まえてください！」

五十前後だろうか、まるまると太った男が声をかけてきた。

「あなたは？」

「占部製糸の専務で、藤田修造といいます」

「藤田さんは事件の知らせを聞くとすぐにこちらに来て、遺族と今後のことを話したり、訪問者の応対をしたり、会社に電話で指示を飛ばしたりしているんです」加山が横から説明する。

「遺族というと、誰です？」

「被害者の伯母です」

「被害者は結婚はしていなかったのですか？」

「ええ、独身でした」

「この屋敷の住人は？」

「被害者の伯母、女中、料理人、運転手、以上四名です」

「その四名は今どこに？」

「伯母は、文彦氏の遺体が発見されてしばらくは気丈に振る舞っていたのですが、途中で具合が悪くなり、女中と料理人と一緒に自分の部屋で休んでいます。運転手は車の整備をしたいと言って車庫にいます」

あとで話を聞きます、と藤田に言うと、蓮見は加山に現場に案内してもらった。ホールを右に折れた廊下の端にあるドアの前で、加山は足を止めた。

「ここが現場です」

ドアを開けて中に入る。そこは書斎だった。正面にあるドアを開けると、贅を凝らした寝室が現れた。部屋の向かって右側の壁に接して、ごてごてと装飾を施した寝台が置かれ、三十前後の男の死体が仰向けになっていた。

男の身長は百六十五センチ程度だろうか。一重瞼に獅子鼻、尖った顎が特徴的で、好男子の部類に入るだろう。白のトックリセーターにベージュ色の綿ズボンという服装だ。左胸にナイフが深々と突き刺さり、その周囲のセーターは血を吸って赤黒くなっていた。血そのものはすでに乾いていた。そのことと、皮膚の色から考えて、殺害されたのは前夜と見ていい。

寝台の横には卓上灯の載った小さなテーブル。部屋の左隅には大型の衣装トランクが置いてある。どちらも整然と配置されていて、犯人と被害者が争った形跡は見られない。

「これが被害者の占部文彦ですか。会社社長と聞いていますが、えらく若いですね。まだ三十前後でしょう」

「三十ちょうどです」

「名前からして経営者の一族でしょうが、その若さで社長とは大したものだ」

「昨年の八月までは、文彦氏の伯父である竜一郎氏が当主で社長だったのですが、竜一郎氏がクモ膜下出血で急死したので文彦氏が跡を継ぎまして」

会社内部のごたごたが犯行につながった可能性もあるな、と蓮見は思った。社内には古参の者もいただろうし、その中には、いかに占部家の人間とはいえ三十そこそこの若造が自分たちの上に立つことに不満を持つ者もいたに違いない。社内の事情を調査すれば、被害者を殺す動機を持った者が浮かび上がるかもしれない。

柔らかそうな濃紺のカーテンが風にそよいだ。窓が開かれているのだ。

「死体を発見したとき、この窓は開いていたんですか?」

「開いていました」

窓に近寄った蓮見は、毛足の長い絨毯に茶色いものが付着していることに気がついた。しゃがみ込んで顔を近づける。土のかけらだった。犯人は窓から侵入したのだ。窓から外を眺めると、そこは柘植や松の植えられた庭だった。地面は堅く乾いていて、足跡は残りそうになかった。

蓮見は鑑識課員たちを現場に呼び入れると、作業を開始させた。写真係がフラッシュを焚(た)きながら死体や室内の写真を撮り始め、指紋係が指紋検出用の白いアルミ粉を叩(はた)き始める。警察医の本多(ほんだ)が死体の前に屈(かが)み込み、検屍に取りかかった。

「死体の発見者は？」蓮見は加山に問いかけた。

「伯母の貴和子夫人、女中、そして被害者に雇われていた私立探偵二人です」

「私立探偵？　何のために雇われていたんですか」

「被害者を弟から警護するためと、弟の行方を探すためだそうです」

「どういうことですか」

「被害者には一卵性双生児の弟がいましてね。占部製糸の専務だったんですが、被害者ともめまして、去年の十二月一日に専務の地位を捨ててこの町を出ていったんですよ」

「何でもめたんですか」

「被害者の弟、武彦というんですが、武彦は、占部製糸の女子工員と付き合っていた。昨年、その女子工員を中傷する手紙がこの町に出回ったんです。それで彼女はとうとう自殺してしまった。武彦は、被害者が女子工員に横恋慕したが、振り向いてくれなかったので中傷の手紙を送ったと思い込んで、被害者を激しくなじったそうです」

「なぜ、今頃になって警護を依頼しようと考えたんですか」

「半月前に、武彦から脅迫状のようなものが届いたんだそうです」

「脅迫状？」

「『十一月二十日を忘れるな。なぜ顔を変えたかわかるか？　お前の近くにいる』という文面でした。十一月二十日というのは昨日ですが、一年前に女子工員が自殺した日です。そして、武彦はどうやら、昨年の十二月、東京で整形手術を受けて顔を変え、手術をした医者を殺して姿をくらましたらしい。それを示す新聞記事の切り抜きも同封されていたんです」

「――顔を変えた？」

「ええ」

探偵小説じみていて、にわかには信じ難かった。

「武彦は顔を変えて別人に成りすまし、被害者の近くに潜んで、危害を加えようとしている……伯母の貴和子夫人はそう考えて、私立探偵を雇ったそうです」

「被害者はあんたたちには相談しなかったんですか？」

加山は残念そうに首を振った。

「今日、貴和子夫人に聞いて初めて知ったんですが、被害者は、弟が東京で殺人を犯した疑いがあると警察に相談したら、その疑いを事実だと認めることになってしまうと恐れていたようです」

「警察に相談しないにしても、占部製糸の社員で腕に覚えのある者を護衛にするぐらいはしてもよさそうなものだが」

「貴和子夫人もそう勧めたのですが、被害者は、上に立つ者のごたごたを下の者には見せたくないと言って、それにも乗り気ではなかったそうです。困った貴和子夫人が、女学校時代の友人から聞いた東京の私立探偵に依頼してはと勧めると、ようやくうなずいたそうでして。それで貴和子夫人が依頼の手紙を出したのだそうです」

「東京の私立探偵か。そんな連中にかかっちゃ、こんな田舎のお大尽なんていいカモだろうに」

「まったくです。どうしてわれわれに相談してくれなかったのか……」

「送られてきた脅迫状と切り抜きを見せてもらえますか」

加山はそばにいた部下に命じ、封筒を取ってこさせた。そこから便箋と切り抜きを取り出す。内容は加山が言ったとおりだった。

「指紋は？」

「便箋と切り抜きには、鮮明に残っていた指紋は受け取った被害者と貴和子夫人のものだけです。封筒には被害者と貴和子夫人の指紋のほかに、下端にもう数人分、残っていましたが、これは郵便局員のものである可能性が高い。封筒の下端に指紋がついていたのは、郵便の仕分けや配達の際に宛先を見たからでしょう。私立探偵も封筒と便箋と切り抜きに触ったが、手袋をはめてだそうで、事実、私立探偵の指紋はついていませんでした」

「武彦自身の指紋はないということですか」

「ええ、それらしいものはありませんでした」

「武彦は昨年の十二月までこの屋敷で暮らしていたんですね。武彦の部屋やそこに残されている持ち物に武彦の指紋が残っていると思いますが、それとの比較は？」

「武彦の部屋の指紋採取はすでに終えました。ですが、武彦は自分の指紋を部屋から徹底的に消していたんです」

蓮見は加山の捜査の手際に感心した。田舎警察にしてはなかなかやる。それにしても、徹底的に消していたとはどういうことなのか。

「女中の話だと、武彦は昨年十二月にこの屋敷を飛び出す直前に、持ち物を処分し、部屋を自分で徹底的に掃除していったそうです」

「――掃除？」

「家具は古道具屋に、本は古本屋に売り払ってしまったとか。そのあと丸一日かけて、部屋を自分で徹底的に掃除していました。女中がやりますからと申し出ても、武彦は自分でやると言って聞かなかった」

「武彦は、将来、顔を変えてこの町に戻ってきたとき、指紋から正体をあばかれないために、あらかじめ消しておいたということですか」

武彦が顔を変えて被害者の近くに潜んでいるという説は荒唐無稽に思われたが、にわかに現実味を帯びてきた。

「私立探偵は今どこにいます？」

「二階の部屋に閉じ込めております」

「話を訊きに行きます」

3

朝八時過ぎに文彦氏の遺体を発見したあと、貴和子夫人がサロンから双竜町警察署、次いで占部製糸に電話して、事件の発生を知らせた。十五分ほどして、警察自動車が二台、敷地に滑り込んできた。私服刑事や制服警察官が次々と降り立つ。

率いていたのは五十代前半の朴訥そうな男で、双竜町警察署刑事課の加山と名乗った。貴和子夫人にうやうやしく頭を下げるので、この町での占部家の地位の高さをあらためて認識する。

加山は部下とともに現場を調べていたが、すぐに緊張した顔でサロンに戻ってくると、貴和子夫人と兄とわたしから、武彦の整形手術と医師殺し、脅迫状と切り抜き、昨晩の文彦氏の動向などをざっと聞き出した。

「双竜町警察署に相談してくだされば、護衛の刑事を付けましたのに……」

そう言いながらこちらを見る。その目は、こんな役に立たない私立探偵などではなく、と言っていた。

「文彦さんは、警察に届けたら弟が殺人者だと認めるような気がするので届けたくない、と」

「そうだったのですか……。武彦氏が送ってきたという脅迫状と切り抜きを見せていただけますか」

貴和子夫人は自室に戻ると、例の封筒を取ってきて加山に渡した。加山は手袋をはめた手で受け取る。

そのとき、外で自動車が停まる音がした。玄関のチャイムが鳴らされ、すぐに三沢純子に伴われて二人の男がサロンに駆け込んできた。五十前後のまるまると太った男と、二十代前半の若い男だ。

「奥様……文彦社長にご不幸があったと……」

太った男は貴和子夫人の前に立つと、涙声で言った。

「この藤田、奥様の手足となって働きますので、どうぞ何でもお命じください」

ありがとうございます、と貴和子夫人が答える。太った男は続いて、つかみかからんばかりの勢いで加山に向き直った。

「加山さん、文彦社長を手にかけた犯人を必ず捕まえてください」

「もちろん、そうします」

「文彦社長はこの町に多大の寄付をしてくださった。その恩に報いるためにも、絶対に捕まえてください」

「わかっております」

この男は誰だ、という思いが顔に出たのか、貴和子夫人が太った男と若い男を紹介してくれた。

「こちらは占部製糸専務の藤田修造さんと、総務部員の鶴岡一郎（つるおかいちろう）さんです」

そして今度は二人に、わたしと兄のことを、文彦氏が雇った私立探偵だと紹介してくれる。

「私立探偵？　文彦社長が？　いったいどうしてです？」

藤田はうさんくさそうな顔でわたしたちを見た。貴和子夫人は、武彦から送られてきた脅迫状と切り抜きのことを話した。

「そんなことがあったんですか。文彦社長は私には一言も相談してくださらなかった……」

「わたくしは、占部製糸の社員から屈強な者を選んで護衛に付けることを提案したのですけど、文彦さんが反対したのです。上に立つ者の争いを見せたら、下の者に示しがつかない、と」

「社長がそんなことをおっしゃったんですか……。私が気づいてしかるべく手を打ってさしあげるべきだった……」藤田は感極まったように声を震わせた。

「そこで、外部の信頼できる人間を護衛として雇うことにしたのです。川宮さんたちのことは、以前、女学校時代の友達から聞いていたので、お二人に依頼することにしました」

「信頼できる人間？　この二人がですか？」

藤田は顔をしかめてわたしと兄を見た。

「お若いですけれど、刑事だったお父上の薫陶を受けていますし、実際に事件を解決した実績もあるのですよ」

「そうなんですか？」藤田は疑わしそうな顔だった。「しかし、こんなことになった以上は、警察に捜査してもらうのが一番です。加山さん、万全の態勢での捜査をお願いしますよ」

「わかっております。事件の重大さに鑑みて、滋賀県警察部の刑事が派遣されることになると思います」

それから加山はわたしと兄に向き直った。

「あんたたちはこのお屋敷に泊まっているのか？」

「ええ」

「じゃあ、滋賀県警察部の刑事が到着するまで、自分の部屋にいてもらいたい」

「わたしたちも捜査に加えてください」

わたしは言ったが、加山は首を振った。

「馬鹿なことを言うな。素人を捜査に加えるなどとんでもない」

そうして、わたしと兄は二階の部屋に追いやられた。廊下を何度か覗いたが、階段の降り口付近で刑事が一人、見張っていて、わたしがドアを開けるたびに怖い顔で睨んできた。そうして何時間も留め置かれ、いい加減うんざりした頃、正門から警察自動車が滑り込んでくるのが見えた。滋賀県警察部が到着したようだった。

4

蓮見は加山に案内されて二階に上がった。ドアをノックすると、「どうぞ」と若い男の声がした。

部屋の中では二人の男女が手持ち無沙汰そうに座っていた。二十二、三の男と二十前後の女だ。

「あんたたちが私立探偵か」

蓮見が訊くと、女の方が「ええ」とうなずいた。蓮見は意外に思った。私立探偵というから、海千山千の中年男を想像していたのだ。それがこんな若造だとは。しかも一人は女ときている。

「名前は？」

「その前に、あなたの名前を聞かせてください。人に名前を訊くならまず自分が名乗るのが筋でしょう」

女が言う。生意気な女だ。蓮見は睨みつけたが、女は気の強そうな顔で見返してきた。蓮見はちっと舌打ちをした。

「滋賀県警察部の蓮見だ。捜査の指揮を執る」

「警部さんですか」

「そうだが、なぜわかった？」

「現場の指揮を執るのは警部ですから」

蓮見はふんと鼻を鳴らした。どこぞの探偵小説でも読んで仕入れた知識だろう。

「わたしは川宮奈緒子です」

女が言った。大きな目が印象的で、断髪にしている。

「川宮圭介です」

男の方が名乗った。彫りの深い顔立ちで、よく日に焼けている。いかにものんきそうな雰囲気だ。

「同じ姓ということは、あんたたち夫婦か、それとも兄妹か？」

「兄妹です」

そういえば、どことなく顔立ちが似ている。

「あんたたち、占部文彦の護衛として雇われたそうだが、本当か？」

「はい」

「護衛といったって、被害者は殺されてしまったじゃないか。ざまはないな」

川宮奈緒子は唇をかみしめて黙り込んだ。

「あんたたちがこの屋敷に来たのはいつだ？」

「昨日の午後二時台です」

「そのときから被害者の死体を発見するまでの経緯を話してくれ」

「文彦氏は五時半に会社から戻ってきました。僕たちは六時前から、文彦氏と一緒に食堂で夕食を取りました。半頃に食べ終わり、文彦氏は自分の寝室へ引き上げた。僕と妹は交代で、廊下に置いた椅子に腰掛けて、彼の部屋のドアの前で見張りを始めました。妹が午前零時まで見張り、そのあとを僕が引き継いだんです。そのまま、朝までずっと見張っていた。文彦氏はいつもは朝七時に起きるそうで、しかも寝坊したことなど一度もないそうです。ところが、八時前になっても起きてこないし、ドアをノックしてみても返事がない。不思議に思って、合鍵でドアの鍵を開けて中に入り、文彦氏が殺害されているのを発見したんです」

「昨晩、寝室の窓も閉めたんだろうな？」

「もちろんです。昨晩六時半に文彦氏が部屋に入ったとき、僕は窓を閉めて施錠しました。窓だけじゃない、鎧戸もです」

「しかし、さっき見たとき、窓も鎧戸も開いていたぞ。おまけに絨毯に土のかけらが落ちていた。犯人は窓から侵入したんだ。鍵のかかっている窓を外から開けることなんてできやしない。窓を開けたのは室内の人間——つまり、被害者だ。だが、被害者が弟を警戒していたのなら、どうして窓を開けるんだ？　おかしいじゃないか」

「犯人は、被害者に信頼されている人物だったんだと思います」

「そういうことになるな。だが、そうだとするとどうなる？　被害者がそれほど信頼していた人物といえば限られてくる。この屋敷の住人か、あるいはあんたたち二人だ」

「わたしたちが？」

川宮奈緒子が大きな目で睨みつけてきた。

「なぜわたしたちが文彦氏を殺さなければならないんですか」

「それはわからん。だが、被害者は、あんたたちのことなら信頼していただろうから、窓を開けただろう」

川宮奈緒子が何か反論しようとする。それを無視して蓮見は加山に尋ねた。

「貴和子夫人は自分の部屋にいるということでしたね。案内してくれますか」

＊

女主人の部屋は二階の廊下の北端にあった。加山がノックすると、

「どなたですか？」

室内から怒ったような女の声が聞こえてきた。

「双竜町警察署の加山です。ちょっとお話をうかがいたいのですが」

「今、奥様は臥せっておられます。お引取りください」

蓮見は加山に代わってドアの向こうに声をかけた。

「県警察部刑事課の者です。五分でいい。話を聞かせてほしい」

「お断りします」

「悪いが、入らせてもらいますよ」

蓮見はドアを開けて足を踏み入れた。

十二畳ほどの洋室だった。香水なのか、甘い香りがかすかに漂っている。大きな鏡のついた鏡台があり、両脇に桐(きり)の箪笥(たんす)が置かれていた。

寝台に四十代の女が横になっていた。被害者の伯母である占部貴和子だろう。寝台の横には籐(とう)の椅子が二脚置かれ、三十代半ばの顎の角ばった女と五十前後の小太りの女が腰掛けていた。

顎の角ばった女が蓮見を睨みつけた。

「女性の部屋に勝手に入るなんて、失礼な！」

ドアの向こうで喋っていたのはこの女のようだ。

「殺人事件が起きたんだ。捜査は一刻を争う。五分でいいから話を聞かせてもらいたい。私は捜査を率いる蓮見だ」

「出ていってください！」

　そのとき、寝台に横になっていた占部貴和子が上半身をよろよろと起こした。ふっくらとした頬に、気品のある目鼻立ちをしている。

「純子ちゃん、いいわ。刑事さん、わたくしはかまいませんよ。お訊きになりたいことがあったら、何でもお答えします」

　透き通るような声だった。

「奥様、大丈夫ですか！」顎の角ばった女が慌てて貴和子の背に手を添える。

「大丈夫、心配しないで」

　貴和子は弱々しく微笑むと、蓮見に目を向けた。

「さあ、刑事さん、何でも訊いてくださいな」

「昨日、甥御さんが会社からこの屋敷へ戻ったのは何時頃です？」

「午後五時半でした」

「甥御さんは会社への行き来をどうしていたのですか？」

「この屋敷には安藤という運転手がおります。安藤の運転する自動車で毎日会社へ通っていました」

「昨晩、あなたは何をしていました？」

「奥様に向かって何ということを！」顎の角ばった女が叫ぶ。

「純子ちゃん、気にしないで」

貴和子はそうなだめると、記憶を手繰り寄せるように目を閉じて言った。

「午後六時から半までは、自分の部屋で夕食をいただきました。そのあと着替えをして、七時から九時過ぎまで町の婦人会に出ておりました」

「婦人会？」

「はい。小学校の講堂をお借りしていたしました。町の女性たちが二十人ほど出席していましたよ」

「あなたが最後に甥御さんを見たのはいつです？」

「六時半頃です。自分の部屋で夕食をいただいたあと、食堂に顔を出して、七時からの婦人会に出かけるけれど何か用はないかと文彦さんに訊いたのです。文彦さんは、特に用はない、からだの調子がよくないのでこれから寝室で休むつもりだと答えました。わたくしが文彦さんを見たのはそれが最後でした」

蓮見は小太りの女に目を向けた。朴訥で、見るからに善良そうな顔をしている。

「あんた、名前は？」

「岡崎史恵といいます」

「あんたは昨晩、何をしていた？」

「午後四時過ぎから九時前まで、台所で夕食の準備や後片付け、明日の朝食の下ごしらえをしていました。そのあとは自分の部屋です」岡崎史恵はおどおどと答えた。

「あんたが最後に被害者を見たのはいつだ？」

「六時半過ぎです。文彦様とお客様二人が食堂から出てきたところで、ばったり出くわしました。文彦様に料理のお味を尋ねたんですけど、文彦様は何も言わずにうなずいただけでした。あたしが文彦様を見たのはそれが最後です」

蓮見は続いて、純子と呼ばれている顎の角ばった女を見た。太い眉と大きな目が、いかにも気の強そうな印象を与える。

「あんた、名前は？」

「三沢純子ですよ」ふてくされたような声で言う。

「あんたは昨晩、何をしていた？」

「午後五時から六時前までは台所で史恵さんの手伝いをしていました。六時前に食堂にお料理を運んだあと、台所であたしと史恵さんも晩御飯をいただきました。六時半に食堂からお皿を受け取って、八時前まで夕食の後片付け。そのあとは自分の部屋です」

「あんたが最後に被害者を見たのは？」

「六時前に食堂に夕食を運んだときですよ」

蓮見はうなずくと、貴和子に向き直った。

「甥御さんは半月前に、便箋と新聞の切り抜きの入った封筒を弟から受け取ったそうですが」

「え、ええ」

「そのときのことを話してください」

「文彦さんは『武彦のやつが大変なものを送ってきました』と言ってわたくしに見せに来ました。それがあの便箋と切り抜きでした。わたくしは驚いて倒れそうになりました。まさか、武彦さんが整形手術で顔を変えて、お医者さんを殺していたなんて。去年の十二月に武彦さんがこの町を飛び出してから、どこでどうしているのだろうとずっと心配していたのですが、こんなことをしていたとは……。封筒の字は武彦さんのものでしたから、武彦さん自身がその記事を送ってきたことになります。武彦さんはいったい何を考えているのだろうと、ぞっとしました」

だが、文彦は脅迫の件を警察にも社員にも知らせることを渋り、結局、私立探偵を雇うことになったのだという。これはすでに加山刑事に聞いたとおりだった。

「まったく、あの二人組の私立探偵は役立たずですよ！　食べるのは人一倍なのに、文彦様を守ることもできないんですからね！」──三沢純子が忌々(いまいま)しげに言い放った。

「甥御さんに危害を加えそうな人物は、弟の武彦のほかにいませんか？」

蓮見は尋ねた。今の段階では、武彦の犯行だと断定するには早すぎる。

「さあ……」

貴和子は首をかしげたが、三沢純子が意気込んで言った。

「一人いますよ」

「誰だ？」

「立花守という男です」

「純子ちゃん、何の根拠もないのにそんな無闇に名前を挙げるなんて……」

貴和子がたしなめたが、三沢純子はかぶりを振った。

「いいえ、あいつが怪しいです」

「立花守というのはどんな男なんだ？」

「文彦様の戦友で、今年の二月に大阪からこの町へやって来た男ですよ。ブローカーとか称して、怪しげな闇物資を町で売りさばいているんです。ときどきこの屋敷に遊びに来ては、戦友だったのをいいことに、文彦様にお金をたかっているんですよ。いつもぼそぼそとした喋り方をしてね、ほんと気持ちが悪い。そういえば、昨日の夕方五時頃にも立花が文彦様に会いに来ましたよ」

「どんな様子だったかね？」

「薄汚い外套を着て、物欲しそうな顔をしていましたよ。文彦様はまだ会社からお戻りにならないとあたしが言っているのに、文彦様の部屋で待たせてもらうと言って勝手に上がり込んで。ずうずうしいったらありゃしない」

「立花はいつ頃帰った？」

「あたしは立花を文彦様のお部屋に案内したきりですからね、あとのことは知りません。勝手に帰ったみたいですよ」

＊

蓮見と池野は一階のサロンへ戻った。

「貴和子夫人の具合はいかがでしたか？」

藤田修造がさっそく訊いてきた。小さな目が狡猾そうに光っている。

「使用人二人に世話されて、少し元気になったようだ。ところで、あんたにいくつか訊きたいことがある」

藤田は卑屈そうな顔になった。

「私に？　どうぞどうぞ、何でもお訊きください」

「社内で被害者を恨んでいた人物はいないか？」

「いませんよ。社長は敬愛されていましたから」

「しかし、社内の古株の中には、三十そこそこの若造がいきなり出てきて自分たちの上に立つことを面白く思わなかった者も大勢いるんじゃないのか？」

「占部製糸にはそんな不心得者はいませんよ。社長は占部家の一員ですし、経営者としての能力もずば抜けていましたからね」

「あんたは専務だそうだな。占部家の人間は貴和子夫人ただ一人だ。被害者が死んだら、あんたが社長になるんじゃないのか」

「そ、そんなことわかりませんよ。私のほかにも候補は何人もいるんですから」

「昨晩はどこで何をしていた？」

「私が犯人だとでも言うのですか」

「そうは言っていない。捜査手続きの必要上、訊いているだけだ」

「昨晩は、五時過ぎに会社から帰る社長を見送ったあと、私も六時前に帰宅しました。そのあとはずっと自宅です。妻と娘が証人になってくれますよ」

「被害者には武彦という弟がいて、去年の十二月に町を去ったそうだな」

「え、ええ」

「被害者と武彦は仲が悪かったそうじゃないか」

「仲が悪いなんてとんでもない」

「警察に余計な隠しごとはせんでくれよ」

「確かにお二人は仲がいいとは言えませんでしたが……」

「被害者と武彦はどうして仲が悪かったんだ？」

「経営方針の違いですかね」

「というと？」

「先代社長の竜一郎さんは、お二人に占部製糸の経営についていろいろ教え込みました。工場を見学させたり、取引先へ連れていったり。社長は経営に強い興味を示したんですが、武彦さんの方はそうじゃなかった」

「何に興味を示したんだ？」

「工場で働く労働者たちに興味を示したんですよ」藤田は吐き捨てるような口調で言った。「彼らの労働環境や生活環境を調べたりした。それだけならまだしも、組合結成に力を貸したり、ストを手伝ったりしましてね」

「組合結成やストの手伝いか」

「アメリカさんが甘い顔をするから、一部の連中がつけ上がるんです。賃上げしろだの休みをもっと増やせだの。武彦さんはそうした連中の手助けをした。仮にも占部家の人間がやることじゃないでしょう？　そのせいで、社長と武彦さんは激しく対立するようになったんです」

「武彦が整形手術を受けて顔を変え、被害者の命を狙っているという話を聞いたことは？」

「――整形手術？　本当ですか。社長はそんな話は私にはまったくしてくださらなかった……。しかし、社長と武彦さんは確かに仲が悪かったが、武彦さんが社長の命を狙っていたというのはどういうことです？」

「去年の秋、占部製糸の女子工員が自殺したそうだな。中傷の手紙を町中にばらまかれて」

「――ええ」藤田の顔に狼狽の色が浮かんだ。

「武彦はその女子工員と付き合っていたそうじゃないか」

「――ご存じだったんですか」

「武彦は中傷の手紙を出したのが兄だと信じ込んでいた。それで、兄を恨んでいたらしい」

「――そういえば、武彦さんは自殺事件があった当時、社長が彼女を自殺に追いやったんだとさかんに騒いでいました。社長室で社長を激しくなじっている声が聞こえてきたこともあります。社長がその娘に横恋慕して、自分のものにならない腹いせに中傷の手紙で嫌がらせをした――武彦さんはそんなことを言っていました」

「被害者は本当に中傷の手紙を出したのか？」

「まさか、社長がそんなことをするわけがないでしょう。占部製糸の社長が一介の女子工員に興味を示すはずもない。社長が中傷の手紙を出したというのは、武彦さんの勝手な思い込みですよ」

「そうかもしれんが、武彦はそのことで兄の命を狙っていたようだ。社長はあんたに相談はしなかったのか？」

藤田は残念そうに首を振った。

「ええ、社長は何も相談してくれませんでした。信頼していただいていると思っていたんですが。よりによって、あんな怪しげな私立探偵を雇うとは……」

＊

蓮見は最後に、運転手の安藤を訊問することにした。安藤は屋敷の敷地の端にある車庫にいるということだったので、池野刑事とともにそちらに向かう。

車庫は扉が開いており、中で三十前後の男が黒塗りのダイムラーを整備しているのが見えた。蓮見たちに気づき、男がこちらを振り向いた。映画俳優にもめったにいないような、鼻筋の通った二重瞼の美男子だった。

「安藤敏郎（としろう）さんだな？」

蓮見が訊くと、男はうなずいた。

「滋賀県警察部の者だ。ちょっと話を聞かせてもらいたい。あんたは昨日の夕方、被害者が会社からここに戻るときも、被害者を乗せて車を運転したんだな?」

「はい」

「そのとき、被害者の様子は?」

「いつもどおりでした。会社で右手の人差し指を突き指なさったそうで、駅前の緒方病院に十五分ほど立ち寄りましたが」

「最近、被害者が誰かともめていたということは?」

「心当たりがありません」

「会社内部で争いがあるといった話はしていなかったか?」

「俺はただの運転手です。社長が俺に会社について話されるなんてことはありませんでした」

「あんた、被害者の弟の武彦のことは知っているか」

「去年の十二月にこの町を飛び出したっていう弟さんですか。よくは知りません。俺がこの町に来たのは今年の三月ですんで」

「被害者は弟については何か言っていたか」

「いえ、何も」

「あんたは昨日の晩は何をしていた?」

「社長を乗せて五時半にこのお屋敷に着いたあと、自動車の点検をして、六時過ぎから半過ぎまで車庫の中で夕食を取りました。奥様が七時からの婦人会にお出かけになるというので、六時五十分に奥様を自動車に乗せて会場の小学校へお運びし、校舎の外に自動車を停めて奥様をずっとお待ちしていました。九時過ぎに婦人会が終わったので、奥様を自動車にお乗せして、このお屋敷に戻ってきたんです」

安藤は無口な男らしく、そっけないとすら言える口調で答えた。

蓮見と池野が現場へ戻ると、鑑識はすでに仕事を終えていた。

「指紋はどうだ？　凶器のナイフには？」

「まったく残っていませんでした」

「窓枠はどうだ？　犯人は窓から侵入した以上、窓枠に必ず手をかけたはずだ」

「被害者のものしか残っていません」

「すると、犯人は手袋をしていたんだな。今の季節なら、手袋をしていても不自然じゃないからな。――ところで、死亡推定時刻はだいたいどれくらいです？」

蓮見は警察医の本多に尋ねた。

「解剖してみないと詳しくは言えんが、昨夜七時半から九時半のあいだだな」

解剖はこの町の病院の外科室を借りて本多が行うことになっている。蓮見が指示を出すと、占部文彦の死体は担架に乗せられて、病院の職員たちによって現場から運び出された。蓮見は部下たちを見回した。

「よし。これから聞き込みをしてもらう。四つの点を重点的に調べてくれ。第一に、昨夜七時半から九時半にかけてこの屋敷の近辺で不審な人物や自動車を見かけなかったか。第二に、この町で被害者を憎んでいる者がいなかったか。第三に、昨夜不審な人物を双竜駅で見かけなかったか。第四に、この町の宿屋で、昨夜不審な人物を泊めなかったか。以上だ」

5

蓮見は立花守の聞き込みをすることにした。加山に立花の住まいを尋ねると、彼自身はよく知らないので、町の住人一人一人の住まいに詳しい巡査を案内役に付けてくれることになった。

加山が呼んだのは、屋敷の正門前に立って見張りをしていた丸い鼻の制服警察官だった。出川（でがわ）という名前だという。

池野刑事の運転する警察自動車は占部邸を出ると、出川の案内で湖岸の道を南へ向かった。時刻は午後四時過ぎ。辺りはすでにたそがれ始めていた。左手に見える田んぼからは水が抜かれ、案山子（かかし）がぽつんぽつんと立っている。

湖岸沿いには、漁師の家がまばらに立っていた。それも途絶え、辺りに人家のない一帯に差しかかる。いや、一軒だけ、粗末な平屋があった。自転車が軒先に停められている。

「あれが立花の家です」

出川が言ったので、池野刑事がブレーキを掛けた。

蓮見たちは車から降り立った。出川が平屋の戸をノックしたが、返事がない。もう一度ノックしたが、それでも返事がなかった。

「まさか、高飛びしたのでは……」池野が心配そうに言う。

「それはないと思います。どうせ、酔っ払って眠りこけているんでしょう」

出川は笑って答えると、戸を強く叩いた。

「……うるせえな。今開けるから、そうがんがん叩くな」

くぐもった声とともに戸がようやく開き、眼鏡をかけた髭面（ひげづら）の男が顔を覗かせた。顔の下半分が髭で覆われ、獅子鼻には酒焼けらしい赤みがさし、髪の毛はろくに櫛（くし）を入れていないのかぼさぼさだ。あちこちにほつれのできた灰色のセーターと焦茶色の長ズボンを身に着けていた。酒臭さがぷんと鼻をつき、蓮見は顔をしかめた。

男は眼鏡の奥の一重瞼を眠そうにしばたたかせながら、大きな欠伸（あくび）をした。

「……やあ、出川さんか。何の用だ？」

「こちらは滋賀県警察部刑事課の方だ。あんたに話を聞きたいとおっしゃる」

男はぽっかりした目を蓮見に向けた。

「県警察部が俺に何の用です？」

蓮見は一歩前に出ると問いかけた。

「占部文彦を知っているな」

「ええ、知っていますよ」

「昨日の夕方五時頃、占部文彦に借金の申し込みに行ったそうじゃないか」

「行きましたよ。だけどあっさり断られました。東京から客が二人来るとかで忙しいと言われて」

「あんたが帰ったのはいつ頃だ？」

「五時四十分頃ですかねえ。あそこの女中は愛想が悪くて、俺が帰るときも見送りもしなかったよ」

「そのときの占部文彦の様子は？」

「何だか気がかりなことがあるみたいでした」

「どんな気がかりだ？」

「さあ、占部は俺には何にも話してくれなかったけど」そこで不安そうな顔になった。「占部がどうかしたんですか？」

「昨晩、殺されたんだよ」

「こ、殺された？」

ぽかんと口を開いて蓮見たちを見つめる。急に酔いが醒めたようだった。

「そう、殺されたんだよ。あんたが殺したんじゃないのか。あんたは借金を断られたあと、夜になってもう一度被害者のところに押しかけた。ところが罵倒されて、かっとなって殺したんじゃないのか」

髭面の男は息を吞み、慌てたように目の前で両手を振り回した。

「じょ、冗談じゃありませんや。俺は臆病でね、人殺しなんてできませんよ。だいたい、借金ならこれまで何度も断られているんだ。今さら一度や二度断られたぐらいで殺したりするもんか」

「あんた、昨晩は何をしていた？」

「借金を断られたあと、ここまで歩いて帰りましたよ。自分で晩飯を作って食べたんですが、どうも退屈で仕方ないんで、午後七時半から八時半まで、〈黒猫〉という居酒屋で飲んでいました」

「そのあとは？」

ブローカーは頭を掻いた。

「実は、よく憶えていないんですよ。〈黒猫〉で酔って暴れて八時半頃に追い出されたんです。そこまでは憶えているんですが、そのあとの記憶がまったくない。今朝、気がついたら家でぶっ倒れて寝ていました」

「ちょっと家に入らせてもらうぜ」

蓮見は立花を押しのけると、土間で靴を脱ぎ捨てて上がり込んだ。土間の奥に台所と六畳間があった。台所の流しには汚れた食器が積み上げられている。六畳間の中央には布団が敷かれ、寝臭いにおいが漂っていた。布団の横には火鉢と、みかん箱に布を張って作った卓袱台（ちゃぶだい）。その上には湯飲み茶碗とカストリの瓶が置かれている。

「刑事さん、あんまりじろじろ見ないでくださいよ。恥ずかしい」

蓮見は振り返ると、相手をじっと見つめた。占部文彦は弟を警戒していたにもかかわらず、窓を開けて犯人を招き入れてしまった。そこから考えられるのは、犯人は文彦が信頼している人物だったということだ。だが、もう一つの可能性が考えられる。犯人は、文彦が軽蔑し切っていて、自分に危害を加えるとは夢にも思っていなかった人物だったという可能性だ。立花は後者の可能性にぴたりと当てはまる。

「あんた、占部文彦の戦友だったそうだな」

「ええ、二人ともフィリピンの戦線へ送られましてね。まったく、ひどい目に遭いましたよ。もうあんな目に遭うのはこりごりです」

「占部文彦があんたに金を貸していたのは、戦友だったからか？」

髭面に卑しげな笑みが浮かんだ。

「俺はあの男の命を救ったことがあるんですよ。現地のゲリラが俺たちの部隊の宿営地に夜襲をかけてきたときに、あの男は足を撃たれて動けなくなったんですが、そのときに俺はあの男を背負って逃げたんです」

「それで占部文彦は、あんたの金の無心を断れないというわけか」

「ま、そういうことです」

「この町には二月に来たそうだが、占部文彦にたかるのが目当てだったのか？」

「たかるだなんて、刑事さんも口が悪いですね。俺は復員したあと、兵隊に取られるまで働いていた大阪へ戻ったんですが、勤め先は空襲で焼けてしまっていたんですよ。社長も従業員も死んだんで、行くところがなかった。しばらくは闇市で働いていたんだが、占部がこの町で偉いさんになっているって耳にしましてね。困ったときはお互い様だと思って、この町へ来たってわけです」

「占部文彦に、武彦という一卵性双生児の弟がいたことは知っているか？」

「去年の十二月にこの町を飛び出したとかいう弟のことでしょう？　知ってますよ、占部に聞きましたからね。何でも、弟は中傷の手紙で恋人を死に追いやったのが占部だと信じ込んで、恨んでいたそうじゃないですか。しかし、いくら占部と仲が悪かったとはいえ、占部製糸の重役の座を捨ててしまうなんて、その武彦という弟もどうかしていますよ。俺だったら、恋人が死のうがどうしようが、重役の座は絶対に手放さないのに。そういえば、その武彦という弟、この町を飛び出したあと上京して、整形手術で顔を変えたそうですね」

「そうだ。占部文彦から聞いたのか？」

「ええ。前回、占部に会ったとき、弟が新聞記事の切り抜きを送ってきたとちらっと口にしていました。武彦は、整形手術のあと、どんな顔になったか知られないために医師を殺したそうじゃないですか。とんでもないことをしてくれたと占部は頭を抱えていましたね。そう口にしたあとで、俺に向かって、このことは誰にも言わないでくれと頼んできました。武彦が殺人者だと知れたら、占部家の家名に傷がつくからって。俺はもちろんさと答えましたよ。何しろ、占部は大切な戦友だし、金蔓でもあるんですからね」

そう言ってまた卑しげな笑いを浮かべる。蓮見の横で、池野刑事が不快そうな顔をしていた。若く正義感の強い池野には、この立花という男が我慢できないらしかった。

「ところで、今晩は占部のお通夜をやるんですかね」

「たぶんな。あんたも行くのか？」

「占部は社長だったから、通夜にはこの町の名士連中が大勢集まるんでしょう？　俺はそういうのは苦手でね。遠慮しときますよ」

6

部屋で待っていると、太った男がノックもせずにずかずかと入ってきた。占部製糸の専務、藤田修造だ。

「お前たち、クビだ」藤田は開口一番、そう言った。

「クビですか」と兄。

「ああ、クビだ。社長を守ることができなかったんだからな。とっととこの屋敷から出ていってもらおう」

「警察から、ここで待っておくようにと言われています」

「じゃあ、警察がいいと言ったらすぐにこの屋敷から出ていってもらおう。荷物をまとめておけ」

わたしはかっとしたが、クビだと言われた以上はどうしようもない。

「待ってください」

そのとき、戸口で女の声がした。見ると、貴和子夫人がそこに立っていた。

「奥様！　もうお加減はよろしいんですか？」

藤田が悲鳴のような声を上げ、貴和子夫人に駆け寄った。

「ええ、大丈夫です、ありがとう。休んだおかげでずいぶんとよくなりました」

「本当に申し訳ありません。文彦氏を守ることができませんでした」

兄は深々と頭を下げた。わたしも慌ててそれに倣（なら）った。貴和子夫人は弱々しく微笑んだ。

「どうかご自分を責めないでください。あなたたちはできるだけのことをしてくださいました。文彦さんはうっかり窓を開けてしまいました。それが失敗だったのです。あなたたちの責任ではありません」

「文彦氏には、窓を絶対に開けないようもっと強く言っておくべきでした」

「もうご自分を責めないでください。それよりも、あなたたちにお願いしたいことがあるのです」

貴和子夫人はわたしたちを訴えるように見つめた。

「何でしょうか。僕たちにできることなら何でもやらせていただきます」

「武彦さんを、警察より先に見つけていただきたいのです」

「ぜひお任せください！」

わたしは胸を張って答えたが、兄に足を踏まれた。

「痛！　何するのよ」

「いい加減なことを言うもんじゃない」

兄はわたしをたしなめると、貴和子夫人に噛(か)んで含めるように言った。

「今や武彦氏は犯人と目されているのですから、警察は何としてでも探し出すでしょう。人を探すのは、組織力のある警察の方がずっと長(た)けています。僕たちの出る幕はもうありません」

「おっしゃるように、警察は何としてでも武彦さんを探し出すでしょう。だから、それより早く見つけていただきたいのです。そして警察に自首させれば、少しは罪が軽くなるかもしれません」

「僕たちは一介の私立探偵です。探偵小説に出てくるような名探偵ではない。ご要望にお応えできない可能性の方がはるかに高い。みすみす失敗に終わるとわかっていることにお金を注ぎ込んでいただくわけにはいきません」

藤田が口を挟んだ。

「見かけによらずまともなことを言うじゃないか。奥様、この男の言うとおりですよ。一介の私立探偵に何ができるものですか」

わたしはむっとして藤田を睨みつけた。貴和子夫人が穏やかな口調で言った。

「失敗に終わるとは限らないでしょう。川宮さん、あなたたちは衣笠家の事件を解

決したではありませんか。あなたたちなら必ずできる、わたくしはそう信じていま
す」

「しかし……」

「文彦さんもきっと、あなたたちに依頼することを望むと思います」

兄は長いあいだ貴和子夫人を見つめていたが、やがてゆっくりとうなずいた。

「──わかりました。依頼をお引き受けしましょう」

藤田が慌てたように言った。

「ですが奥様、依頼するにしてもこんなアプレめいた若造に頼まなくても……」

「藤田さん、わたくしの唯一のわがままと思って、聞き入れていただけませんか」

「しかし……」

「どうかお願いします」

すがるような目で貴和子夫人に見つめられた占部製糸の専務は、眩しそうにまばたきすると、しぶしぶうなずいた。

「……わかりました。奥様のお好きなようになさってください」

藤田はそこで兄とわたしに目をやると、脅かすように言った。

「あんたたち、捜査するからには全力を尽くすんだぞ。少しでも手を抜いたらこの私が許さんからな」

「煮るなり焼くなり好きにしてくださって結構です」

そこで兄は貴和子夫人に目を向けた。

「ところで、武彦氏と真山小夜子さんについてうかがいたいことがあるのですが」

「わたくしに答えられることでしたら何でもお答えします」

「できれば、ほかの方は遠慮していただきたいのですが……」

兄がわざとらしく藤田を見ると、占部製糸専務は真っ赤になって兄を睨みつけた。

「藤田さん、申し訳ないけれど席を外していただけますか」

貴和子夫人に言われて、藤田は憤懣やるかたない顔で部屋を出ていった。

兄は貴和子夫人に言った。

「経営者の一族で専務という立場にある方と、工場で働く女子工員が恋に落ちるとは、何とも劇的ですね」

貴和子夫人は微笑んだ。

「まるで映画のようでしょう？　武彦さんも小夜子さんも付き合っていることをひた隠しにしていました。わたくしが二人の交際を知ったのは、たまたま湖畔で武彦さんが小夜子さんに接吻しているところを見かけたからなのです。わたくしが女子工員さんたちに琴を教えていることは昨日お話ししたと思いますけれど、小夜子さんもわたくしに琴を習っていました。それで小夜子さんとは親しかったので、そっと武彦さんとのことを訊いてみると、彼女は顔を真っ赤にして認めました。武彦さんも自分もお互いのことを真剣に想っているのです、と」

「武彦氏にも訊いてみましたか？」

「ええ。武彦さんもやはり、小夜子さんのことを真剣に想っていると答えました。決して遊びではない、本気なんだ、と」

「あなたはそれを聞いてどう思いました？」

「二人の言葉に嘘はないと思いました。二人は確かに愛し合っているようでした。身分違いではありますけれど、もうそんなことをとやかく言う時代ではありません。これからの時代は人物本位だと思っております。小夜子さんは美しく、しとやかで聡明で、占部家に迎え入れても決して見劣りしないだろう女性でした。ですから、二人が付き合うことにわたくしは賛成でした」

「武彦氏と小夜子さんはどうやって知り合ったのですか？」

「武彦さんに訊いてみると、去年の四月に占部製糸の工場を視察したのがきっかけだったようです。小夜子さんは精紡工程の工場で働いていたのですが、そこで働いている女子工員の中でいちばん、糸切れの探知と糸つなぎが上手だったのが彼女でした。それでいて少しも偉ぶったところがなく、控えめでおとなしい、工員の鑑ですと、工場長が武彦さんに小夜子さんを指しながらほめたのだそうです。恥ずかしげに微笑んでいる小夜子さんの様子に、武彦さんは心惹かれたといいます。武彦さんはその翌日、町でたまたま小夜子さんを見かけて、声をかけました。小夜子さんは初め、とても驚いておどおどしていたそうです。彼女にとっては雲の上のような存在だった専務に声をかけられたのですから、無理もありません。武彦さんはしばらく話しているうちに、彼女の聡明さに気づき、ますます心惹かれるようになりました。武彦さんは文彦さんと違い、どちらかといえば孤独な性格でした。小夜子さんはそれに気づき、相通じるものを感じたのかもしれません。次第に打ち解け、また会うことに同意しました。二人はそうして付き合うようになったといいます」

「小夜子さんを中傷する手紙が町中にばらまかれるようになったのは、いつ頃からですか」

「去年の九月頃からです。わたくしどものところにも一通来ました。無地の便箋に記してあって、同じく無地の封筒に入れられていました。郵便局を通すのではなく、夜中に直接配られているようでした」

「どんな内容だったのです？」

「小夜子さんが、町のさまざまな男性たちと、その……不道徳な関係を持っているという内容でした」

「そのせいで、とうとう小夜子さんは自殺してしまったのですね」

「十一月二十日のことでした。女子寮の自室で、青酸加里を呷って……」

「青酸加里？」

「はい。戦争中、自決用に配られたものでした。戦争が終わったあと、捨てるように言われたのですが、小夜子さんはそれを隠し持っていたようなのです」

「警察は中傷の手紙をばらまいたのが誰なのか、調べたのですか？」

「ええ。残念ながら、何の成果も得られませんでした。手紙は手書きだったのですけれど、定規で引いたような字で、筆跡をごまかしてありました。ですから、誰の字かわからなかったそうです。犯人は手袋をして作業をしたらしく、指紋も残っていませんでした」

「しかし武彦氏は、小夜子さんを中傷する手紙は文彦氏が書いたのだと思っていたのですね」

「武彦さんは小夜子さんが死んだと聞いたとき、『兄さんがあの手紙で小夜子を殺したんだ』と言って、文彦さんに食ってかかりました。文彦さんは否定しましたけれど、武彦さんは聞く耳を持ちませんでした」

「兄が手紙を書いたのだと武彦氏が確信した根拠は何だったのでしょうか」

「わかりません。ただ、双子同士の勘のようなものが働いて、兄が小夜子さんに横恋慕していると気がついたのかもしれません」

中傷の手紙については、〈マドモアゼル〉の姉妹から聞いたことを超える情報はないようだ。

「あなた自身は、中傷の手紙を書いたのは文彦氏だと思いますか」

貴和子夫人はためらった。

「……そうではないと信じたいのです。ですけど、めったにものを決め付けない武彦さんがあれだけ激しく文彦さんを責め立てたということは、それなりの理由があるとしか思えないのです。だから、ひょっとしたら、文彦さんが書いたのかもしれません。この屋敷は広いですから、手紙をばらまくために夜中にこっそりと外に出ても気がつかれることはないでしょう。武彦さんは文彦さんが夜中に外出するのを目にしていて、手紙が兄の仕業（しわざ）だと思ったのかもしれません……」

「小夜子さんがいた女子寮の寮母さんにも話を聞きたいのですが、紹介していただけますか?」

「わかりました。寮母は今晩のお通夜に顔を見せると思いますから、そのときにご紹介しましょう」

四の奏　通夜の夜

1

双竜駅前の広場に、緒方病院という三階建ての病院がある。占部文彦の司法解剖は、捜査班に同行してきた警察医の本多の手によって、この緒方病院の外科室を借りて行われた。

午後五時過ぎ、蓮見と池野と出川巡査が立花守の家から戻り、緒方病院に顔を出すと、ちょうど解剖が終わったところだった。本多は待合室の長椅子に疲れたように座り、ピースをふかしながら、五十代半ばの痩身の男と何か話していた。痩身の男は緒方病院の院長だった。

蓮見は本多の隣りに腰を下ろした。

「死亡時刻はいつ頃です、先生？」

「胃の内容物――白米、いろいろな種類の魚、貝、味噌、馬鈴薯、ほうれん草、桃――の消化状況から判断して、食後二時間ほどして死亡しているな。それにしても、この食糧難の時代にうらやましいものを食っとるよ」

川宮兄妹が、被害者は午後六時前から夕食を取ったと言っていたのを蓮見は思い出した。

「すると、死亡時刻は午後八時頃ですね。死因は？」

「左胸をナイフで刺されたことによる心臓の損傷だ。ほぼ即死だな」

池野刑事が首をかしげた。

「死亡時刻は八時頃？　おかしいな。立花守は七時半から八時半頃まで〈黒猫〉という居酒屋で飲んでいたと言っていましたね。すると、立花には犯行は無理だったことになりますよ」

本多はじろりと池野を見上げた。

「おい、若いの。わしの診断が間違っているとでも言いたいのか？」

「い、いえ、とんでもない」

池野は慌てたように否定した。本多の気の短さは滋賀県警察部の中では知れ渡っている。

「立花が嘘をついているのかもしれんし、〈黒猫〉の主人に偽証させるつもりなのかもしれん」

蓮見と池野は出川巡査に場所を訊いて、居酒屋〈黒猫〉へ向かった。

北陸線の線路に沿うようにして商店街が広がり、さまざまな店が軒を連ねている。午後五時台になり、辺りは薄闇に包まれていた。店々の灯が点り、仕事帰りの人々が疲れた足取りでその前を歩いていく。

商店街の南端に飲み屋が固まっており、〈黒猫〉はそのうちの一軒だった。小さな平屋で、その半分が店に改装されている。〈黒猫〉と下手な字で書かれた看板が、ガラスの引戸の上にかかっていた。

店の中からは酔客たちの濁った笑い声が聞こえてきた。蓮見は引戸を開けた。天井から吊るされた裸電球が、六畳もない小さな店内を照らし出していた。ベニヤ板を組み合わせて作ったカウンターに、椅子が五脚。床はコンクリートがむき出しだ。店内には肉を煮込む匂いが漂っていた。

椅子に座っていた男たち三人が振り向いて、蓮見と池野をじろじろと見つめてきた。それぞれ目の前にガラスコップやつまみの入った皿が置かれている。

「いらっしゃい」

カウンターの中にいた三十代半ばの女が気だるげに言った。どことなく猫を思わせる顔立ちである。

「あんた、この店の女将か？」

「そうやけど」

蓮見は警察手帳を取り出して掲げた。

「滋賀県警察部の者だ。ちょっと訊きたいことがある」

「警察の旦那ですか。失礼しました」

女将は愛想笑いを浮かべた。三人の客は酒を飲む手を休め、好奇の色を浮かべて蓮見たちを盗み見ている。

「立花守は知っているな。この店の客だそうだが」

「ええ、知ってます」

「昨日の夜七時半から八時半まで、この店で飲んでいたか？」

「飲んでましたよ。あの男、何かしでかしたんですか」

「今、それを調べているんだ。七時半から八時半までここにいたことは確かか？」

「確かですよ。七時半頃、店にやって来て、ウイスキーをちびちび飲んで、お金のないことを愚痴りよってねえ。しまいに暴れ始めたんで追い出しましたよ」

「それが八時半頃だったんだな？」

「ええ」

「えらく詳しく時刻を憶えているじゃないか。いちいち時計を確認していたんでもあるまいに」

「いややわ、からむような言い方せんといてくださいな。ラジオをつけてたんでわかったんですよ。それよりあの男、何の件で調べられてるんですの？」

「昨晩、占部文彦が殺害された。立花は被害者によく借金していて、昨日の夕方も金を無心しに被害者の屋敷を訪れた。それで、立花に目を付けているんだ」

女将はぽかんと口を開けた。

「あの男、文彦の旦那が殺された件で調べられてるんですか」

「あんた、占部文彦のことは知っているか」

女将はぶるぶると首を振った。

「ようは知りませんわ、何しろ身分が違いますよって。あちらはこの町の名家の主人で占部製糸の社長、あたしはしがない居酒屋の女将。ときどき遠くから姿を見かけるぐらいで、口をきいたこともあらしません」

「立花は占部文彦と親しかったのか」

「ええ。立花は文彦の旦那の戦友やったそうで、旦那は立花に金を貸してやったりもしていたみたいです。もっとも、立花が全然金を返さないんで、旦那もさすがに嫌気がさしたのか、最近は貸さなくなったみたいやけど。昨日の夜も、立花は文彦の旦那が最近金を貸してくれなくなった言うて愚痴こぼしてましたっけ」

「立花はそんなに金に困っているのか」

「弱いくせに博打(ばくち)に金を注ぎ込んで、いつも素寒貧(すかんぴん)。うちで飲むときもしょっちゅう支払いに困って、付けにしてくれとか言うんです。ほんま嫌になるわ」

〈黒猫〉の女将は、唇を歪めてそう吐き捨てた。

「もう一度訊くが、立花は昨日の午後七時半から八時半まで、本当にこの店にいたんだな？　嘘をつくとためにならんぞ」

「本当にいましたよ」女将は椅子に座った客たちを指差した。「この人たちも証人になってくれますよ。昨晩もこの店にいたんですから」

客たちは興奮したようにうなずき合った。

「旦那、本当やで。立花は確かにこの店にいました」

「べろんべろんに酔うて大声でわめき散らしとったわ。まったく酒癖が悪いやっちゃ。俺がいなけりゃ追い出すのに苦労しとったところや」

「何言うてけつかる、立花を追い出したんは俺や。お前は何もできずに突っ立ってただけやないか」

「第一、何であたしが嘘を言わなきゃならないんです？　あたしは立花が大嫌いなんですよ。義理立てするわけないじゃありませんか」

女将は確かに立花を嫌っているようだった。彼女の証言は信用していい、と蓮見は判断した。それに、こんな小さな店では、女将やほかの客の目を盗んでこっそり席を外すことも難しいだろう。

「ところで、占部文彦には、武彦という一卵性双生児の弟がいるそうだな」

「ええ。占部製糸の専務をしていましたよ。文彦の旦那と同じく、あたしは遠くから見かけるだけで、口をきいたこともあらしませんでしたけど」

「武彦は去年の十二月一日にこの町を飛び出して、今はどこにいるかわからないそうだな」

「双竜駅の駅員がうちのお客さんなんですけど、その人の話じゃ、武彦の旦那はトランクを手にして米原行きの列車に乗り込んだそうですよ。東京へ行ったんだとか大阪へ行ったんだとか言われています。それ以来、町では見かけませんねえ。噂じゃ兄弟で喧嘩別れしたとか」

「二人はそんなに仲が悪かったのか」

「ようは知らんけど、そんな噂でしたわ。去年の十一月に、武彦の旦那が好きだった女子工員が中傷の手紙のせいで自殺してからは、仲の悪さに拍車がかかったみたいです。武彦の旦那はその手紙を出したのがお兄さんだと信じ込んでいたみたいで」

「まったく、瓜二つの双子なのにあんなに仲が悪いなんて、おかしなもんやなあ」

客の一人が言い、コップの酒を呷った。

「そうやな。去年の一月二十八日に二人がこの町へやって来たときには、竜一郎の旦那は大喜びやったのに」もう一人の客が言う。

「竜一郎の旦那というと、文彦と武彦の伯父に当たる人物か」

「ええ。俺たちも竜一郎の旦那の指示で、歓迎の行列に駆り出されましてね。万歳、万歳って、声を嗄らして叫んだもんですわ。竜一郎の旦那はそのあと出席者全員に酒を振る舞ってくれましたよ。ええ酒やったなあ」

三人目の客がうなずいた。

「竜一郎の旦那はほんまに嬉しそうやった。それなのに、そのあと半年余りで亡くなってしもうて……人間の命なんてはかないもんやなあ」

しみじみした調子で言う。泣き上戸なのか、目に涙を溜めている。

邪魔したな、と蓮見は言うと、池野をうながして踵を返した。

「刑事さん、よかったら今度はお客として来てくださいよ。サービスしますから」

女将が後ろから声をかけてくる。蓮見と池野はそれを無視して歩き出した。

2

占部文彦の遺体が占部邸に戻ってきたのは、午後六時前のことだった。緒方病院の職員二人が、柩に遺体を入れて運んできたのだ。

貴和子夫人の指示で、柩はサンルームへ運び込まれた。通夜は、大勢の客が来ることを想定して、一番広いサンルームで行うことにしたのだという。

日が暮れて、サンルームのフランス窓はカーテンで閉ざされていた。床の絨毯の上に毛氈（もうせん）を敷いて、直接座れるようにしている。白木の祭壇が、琵琶湖に面した西側のフランス窓を背にして置かれていた。

職員たちが、祭壇の前に用意されていた桐の柩へ遺体を移し替えた。桐の柩は占部家当主の亡骸（なきがら）を納めるにふさわしい豪華なものだった。

文彦の亡骸は白麻の経帷子（きょうかたびら）を着せられていた。目を閉じたその姿は穏やかで、まるで眠っているようにすら見える。貴和子夫人はそれを見て泣き崩れたが、やがて細い声で言った。

「……文彦さんの顔に死化粧をしますから、二人だけにしてくれますか」

「奥様、あたしがお手伝いしましょうか？」

三沢純子がおずおずと申し出たが、貴和子夫人は寂しげに微笑み、「わたくし一人でするからいいわ」と答えた。

わたしたちは廊下に出て待っていた。十分後、サンルームから出てきた貴和子夫人は、頬に涙の跡はあるものの、しゃんとしていた。文彦が亡くなり、武彦も容疑者となった今、貴和子夫人が占部家の最後の当主なのだ。その自覚が彼女を支えているようだった。

兄とわたしがサンルームに入ると、蓋を閉じられた桐の柩には白い布がかけられ、その前に線香が置かれていた。わたしたちは線香を上げ、死者の冥福を祈った。

通夜客の応対や料理のために町の娘たちが呼び集められた。貴和子夫人は三沢純子や料理人——岡崎史恵という名前だそうだ——や町の娘たちに指示を出して、今晩の通夜や明日の葬儀の段取りを取り決めていく。青ざめてはいたものの、気丈な立ち振る舞いだった。兄とわたしも何かお手伝いしましょうと貴和子夫人に申し出たが、休んでいて結構ですと言われた。確かに、この地方の風習について何も知らないわたしたちが手伝おうとしてもかえって足手まといになるかもしれない。

七時前になると、通夜客が次々と訪れ始め、サンルームの床に敷かれた毛氈の上に座った。貴和子夫人は柩の傍らに座り、通夜客たちの弔問を受けていた。通夜客たちは貴和子夫人にお悔やみを述べて香典を差し出し、彼女はそれに丁寧に挨拶を返していた。黒の喪服を着た貴和子夫人は、同性のわたしが見てもはっとするほど美しかった。

七時になると、昨日、真山小夜子の法要を行っていた僧侶が読経した。占部家が檀家(だんか)総代を務める龍星寺(りゅうせいじ)の住職だという。読経が終わると、稲荷(いなり)寿司を盛った大皿や、お銚子(ちょうし)と杯や、煙草(たばこ)盆が客たちに配られた。配るのは町の娘たちで、三沢純子が忙しく指図している。台所でも、岡崎史恵が町の娘たちとともにてんてこ舞いで食事を作っていることだろう。

サンルームでは三十名ほどの人々が話をしていた。娯楽の少ない田舎町では、通夜の場もちょっとした社交場になるようだ。酒が入った人々の中には、談笑し始める者もいた。兄とわたしは部屋の隅に座り、弔問客たちの様子を観察していた。もしかしたら通夜の席に武彦が現れるのではないか——そんな気がしてならなかったのだ。会話から察するに、訪れた者の中には双竜町や近隣の町の町長、取引先の銀行の頭取などもいるようだった。さすがは占部製糸の社長だ。

「まったく、惜しい男を亡くしたもんやなあ。占部製糸も順調に発展していたというのに」

双竜町の町長だという小柄で白髪の男が、杯を口に運びながら言った。紋付きの羽織袴(はかま)という格好だ。

「本当にそのとおりですよ。社長もこれからというときだったのに……」

そうあいづちを打ったのは、藤田修造だった。こちらは対照的にフロックコートを着ている。一度自宅に戻って着替えてきたらしい。酒好きなのか、次々と杯を重ねている。

「ところで、あそこにいる二人は誰や？　見かけん顔やが……」

　町長が訝(いぶか)しげな顔でわたしたちに目を向けてきた。

「あの二人ですか。実は、社長は命を狙われているとお考えでして、あの二人は護衛のために東京から呼び寄せた私立探偵なんです」

「私立探偵？　あののんきそうな青年と気の強そうな娘っ子がかね？」

「ええ。残念ながら頼りにならん連中で、社長はこんなことになってしまいましたが……」

　うるさい、とわたしは心の中で罵(ののし)ったが、残念ながら否定できない。

「ところで、文彦君は誰に命を狙われていると思うとったんや？」

「武彦さんですよ」

「武彦君？」

「武彦さんは昨年の十二月に東京で整形手術を受けて顔を変えたらしいんです。社長は武彦さんがそんなことをしたのは、自分の命を狙っているからだと思っていたらしい」

「すると、武彦君が文彦君を殺したと？」

「それはどうでしょう。いくら社長と武彦さんの仲が悪かったといっても、実の兄を手にかけるとは思えませんからな。実際には、社長を手にかけた者は工員の中にいると私は思っとります。一部の不心得者は社長のことを深く恨んでおりましたからな。社長はあんなにすばらしい方だったというのに……」

藤田はそう言いながら杯を傾ける。すでに酔いが回っているのか、手元が震えて酒がこぼれた。

「ところで、奥様、社長のお顔を拝見させていただいてもよろしいですか？」

藤田は柩の方へにじり寄った。その顔は茹蛸（ゆでだこ）のように赤くなっていた。酒好きだがあまり強くないらしい。

柩の傍らに座っていた貴和子夫人は、冷ややかな眼差しで藤田を見据えた。

「藤田さん、あなたのその様子を見たら、文彦さんは悲しみますよ。占部製糸の専務ともあろう者が、そんなに酔ってみっともない。恥を知りなさい。あなたなどに仏様のお顔を見せるわけにはいきません」

「……は、申し訳ありません」

藤田はたちまち青菜に塩をかけたようになった。ざまあみろ、このアンポンタン、とわたしは心の中で快哉（かいさい）を叫んだ。気まずい雰囲気が広がる中、双竜町の町長が不意に大声を出した。

「おや、出川君じゃないか。こっちに来んか」

見ると、三十手前に見える丸い鼻の巡査が遠慮がちにサンルームを覗き込んでいた。

から、お通夜にも顔を出したいと思いまして」

「夜の警邏の途中で立ち寄らせていただきました。文彦氏にはお世話になりました

「そうか、よう来てくれた。酒でも一杯どうじゃな」

「いえ、勤務中ですので」

「そうやな、巡査が自転車の酔っぱらい運転をしたんじゃさまにならん」

町長は自分の冗談に自分で笑い、辺りを見回して慌てて口をつぐんだ。出川巡査は柩の前に座ると、線香を上げ、一礼をして、静かな足取りでサンルームを出ていった。

入れ代わりに、五十代の女性がサンルームに入ってきた。昨日、墓地で見かけた小夜子の一周忌にいた女性だ。女性は柩の傍らに座る貴和子夫人に丁寧に頭を下げてお悔やみを述べている。夫人はうなずきながら聞いていたが、やがて兄とわたしに目を向け、小さく手招きした。わたしたちが近づくと、貴和子夫人は女性を紹介した。

「こちらが、小夜子さんの下宿していた女子寮の寮母さんで、藤原依子さんといいます。藤原さん、こちらは文彦さんの事件を調査してもらっている私立探偵の川宮圭介さんと妹の奈緒子さん。お二人は小夜子さんのことについて訊きたがっているの。話してあげてくれるかしら」

はい、奥様、と藤原依子は答え、わたしたちを見て「何でもお訊きください」と言った。

小夜子という名前が耳に入ったのか、近くの通夜客たちが好奇の色を浮かべてこちらに目を向けてきた。貴和子夫人はそれに気づいたらしく小声で言った。

「お話の内容が内容ですから、ここで話すのはよくないかもしれませんわね。二階のわたくしの部屋でどうぞ」

「まあ、奥様、よろしいんですか？」藤原依子が恐縮する。

「かまいませんよ。藤原さん、川宮さんたちを連れていってあげて。わたくしの部屋はご存じでしょう」

兄とわたしは藤原依子とともに二階へ上がった。貴和子夫人の部屋は、昨日教えてもらったように二階の北端にある。十二畳ほどの部屋で、毛足の長い絨毯が敷かれ、かすかに甘い香りが漂っている。壁の中央に置かれた大きな鏡台を挟んで、両脇に桐の箪笥が置かれていた。

「小夜子さんはどんな女性でしたか」兄がさっそく本題に入った。

「とてもきれいな娘でしたよ。控えめで、どこか寂しそうな影があったけれど、よく気がつく子で。女優になってもおかしくないほどきれいなので、男子工員の中には騒ぐ者もいたようですけれど、あの子は身持ちが堅くて、そうしたことにはまったく興味を示しませんでした」

「彼女のことを中傷する手紙が出回ったそうですね？」

　藤原依子は顔を曇らせた。

「ひどい話です。町中の家に、あの子の身持ちについてひどいことを書き立てる手紙が投げ込まれて……」

「あなたのところにも？」

「ええ。すぐに捨ててしまいましたけれど」

「誰が中傷の手紙を出したのか、心当たりは？」

「まったくありません。あの子は誰に対しても優しくて、人に恨まれたり憎まれたりすることなど決してございませんでした。あんなひどいことを書き立てられるいわれなどあるはずもないのに。ひょっとしたら、あの子に振られたと勝手に思い込んだ馬鹿な男が出したのかもしれませんけれど」

「去年の十一月二十日に命を絶ったそうですね」

「はい。あの子と同室の娘が、遅番勤務を終えて部屋に戻ると、あの子が青酸加里を飲んで亡くなっていたのです。あの子はあの日は早番勤務で、午後三時に仕事を終えて寮に戻ってきたのですが、早めの夕食を取ったあと、ずっと自室にこもっていたようなのです」

「夕食のとき、小夜子さんの様子に変わったところは？」

「わたしや同僚の娘たちと一緒に食堂で夕食を取ったのですけれど、あの子の様子にとりたてて変わったところはございませんでした。もちろん、あの手紙のことで沈んではいましたけれど、いつものように穏やかな様子で。まさか、あのあとで命を絶つなんて……」

「遺書はありましたか？」

「ございませんでした」

「小夜子さんの葬儀は？」

「身寄りのない子だったので、工場長が喪主となっていたしました。お葬式はごく簡素なものでした。わたしと工場長、同僚の娘たちが参列しました。それに、武彦さんが」

「武彦氏が参列したのですか。そのときの彼の様子は？」

「目を真っ赤に泣き腫らしておられました。隅の方に参列しておられましたけれど、その様子で、武彦さんがあの子を好いておられたことはすぐにわかりました。わたしはそれまで、武彦さんとあの子が交際していることをまったく知らなかったのです。二人はそれほど密かに付き合っていたのですね。それも無理はありません。武彦さんは専務、あの子は一介の女子工員。付き合っているのがばれればいろいろ問題が起きたでしょうから」

「武彦氏が、中傷の手紙を出したのが兄だと思い込んでいたことはご存じですか?」

藤原依子はためらい、それからしぶしぶとうなずいた。

「……はい。その話は聞いたことがあります。武彦さんが社長室で社長をなじっておられるところを、何人もの人間が耳にしたとか……。でも、まさか社長がそんなことをしたとは、わたしには信じられません。あの子はとてもきれいで気立てのよい娘でしたけれど、社長は身分というものにこだわる方でしたから、女子工員のあの子に横恋慕するなどということはないと思うのですが……」

そこで藤原依子はおずおずと尋ねてきた。

「あのう、変なことを耳にしたのですけど、武彦さんはこの町を出たあと、整形手術で顔を変えて別人になって戻ってきて、社長を殺したとか……」

その話はすでにあちこちに広まっているようだ。

兄はうなずいた。

「はい。武彦氏は昨年の十二月にこの町を飛び出すとすぐに上京して整形手術を受け、新たな顔を得たのです。その後、この町に戻ってくると、別人に成りすまして生活していると思われます」

「何てこと……」藤原依子は茫然として呟いた。「武彦さんが今、誰になっているかはわからないのですか？」

「残念ながら、まだわかりません。何らかのかたちでこの屋敷に出入りしている人物ではないかと思うのですが……」

「小夜子の葬儀のときの武彦さんの様子を今でも憶えています。ひどい悲しみようで、何か捨て鉢なことをしなければよいがと密かに心配していたのですけれど、まさかそんなことを……」

3

午後八時過ぎ、夕食を終えた刑事たちは、双竜町警察署の会議室で捜査会議を開いた。滋賀県警察部の刑事たちと双竜町警察署の刑事たちの合同会議である。

湖北の晩秋は冷え込む。薪（まき）ストーブが部屋の真ん中に置かれていたが、それでも寒さは背中に忍び寄ってきた。捜査の指揮を執る蓮見は、部下たちや双竜町警察署の刑事たちに向かい合うようにして座った。

蓮見は咳（せき）払いをすると、一同を見回した。

「では、まず、占部邸の周囲での目撃証言からお願いします」

これは、双竜町警察署の刑事たちに任せてある。地元の地理に詳しい者の方がいいからだ。その一人が立ち上がった。

「占部邸周辺の住民に訊き込みをしたところ、昨日の夕方から夜にかけて占部邸に通じる道を走った自動車は、午後七時前と九時過ぎに見た占部家のダイムラーだけだそうです。これは貴和子夫人が婦人会に出かけたときですね。この町では自動車は珍しいので、走っていればすぐに気づかれます。ですので、犯人は徒歩か自転車で占部邸へと行き来したのでしょう」

「なるほど。次に問題になるのは、犯人がこの町の人間か、それとも町の外部から来た人間かということだ。犯人が町の外部から来た人間の場合、昨夜のうちに町を去った可能性と、昨夜は町のどこかに泊まった可能性の両方が考えられる。駅や宿屋での聞き込みはどうでした？」

「まず、双竜駅での聞き込みからご報告します。被害者の死亡時刻は、昨夜八時頃。占部邸から双竜駅まで自転車でも二十分程度かかりますから、犯人が駅に着いたのは、どんなに早くても八時二十分頃。ところが、駅員に聞いたところでは、昨夜八時二十分以降、この駅から列車に乗った者は一人もいないそうです。つまり、犯人が外部から来た人間だとしても、昨夜は双竜町に泊まったことになります。そこで、宿屋を調べてみることにしました。双竜町には宿屋が三軒あります。ここには全部で十四名の宿泊者がいたのですが、全員に昨夜八時前後のアリバイが成立しました。

町の知人宅に泊まった可能性もあるので、この点はもう少し訊き込みを続けますが」

「ということは……犯人は、占部邸から徒歩あるいは自転車で行き来できる範囲に住んでいる、あるいは外部から来たとしても町の住民に知人がいるということになる。次は動機だが……被害者を恨んでいた人物は？」

これは、部下たちに任せてある。老練な呉田部長刑事が立ち上がった。

「占部製糸と町双方で聞き込みを行ったのですが、占部製糸内部では、組合活動を強く抑えていたこともあって、工員のあいだで被害者を悪く言う者が多かったですね。経費節減のため工場設備を古いままにしているとか、工員の健康管理がおろそかだとか。一方、町での評判はよいものでした。双竜町は湖北のほかの町や村に比べて豊かなのですが、それは占部製糸のおかげなのだそうです。占部製糸は双竜町に多額の税金を納めていますし、雇用も作り出しています。工員たちが町に落とす金も馬鹿になりません。また、占部製糸は町の祭や防犯活動などに多額の寄付をしていますし、奨学金も設けているそうです。ですから、町では被害者を悪く言う者はほとんどおりませんでした」

「被害者の死で得をする者は？　被害者の遺産を受け継ぐのは誰だ？」

「被害者の伯母の貴和子夫人ですね。しかし、貴和子夫人は被害者の死亡時刻、小学校の講堂で行われた婦人会に出席していました。町の婦人たちが二十名ほど出席していまして、彼女たち全員に裏付けを取ってみましたが、貴和子夫人は一度も席を外さなかったそうです。ですから、彼女には明確なアリバイがあります」

「占部製糸の重役連中は、被害者の死で昇進する機会を得るんじゃないか？」

「はい。次期社長の最有力候補は、専務の藤田修造です。しかし、藤田にはアリバイがある。六時前に帰宅して、それ以降は自宅で妻と娘とともにずっと過ごしていたといいます」

「家族の証言は当てにならんぞ」

「妻と娘を詳しく調べたのですが、嘘をついている様子はありませんでした」

「重役連中の中には、三十そこその若造が自分たちの上に立つことに反感を持つ者もいたんじゃないか」

「ええ。そうした者は三名おりました。しかし、いずれにもアリバイが成立しています」

呉田部長刑事は三人の名前を挙げた。三人とも午後七時から九時頃にかけて、町の料亭で会合を開いていたという。どうやら反社長派の会合だったようだが、料亭の従業員に嘘をついている様子はなく、アリバイは確かだった。

蓮見はうなずいた。

「俺の方の結果も報告しておこう。被害者の戦友で立花守という男がこの町に住んでいる。この男はブローカーとか称して怪しげな闇物資を町で売りさばいているんだが、戦地で被害者の命を救ったことがあるのを恩に着せて、たびたび被害者に金をせびっていたという。昨日の午後五時頃にも金をせびりに占部邸を訪れたそうだが、五時半に帰宅した被害者に借金を断られ、四十分頃に帰ったらしい。それで、夜にもう一度金をせびりに行ってあらためて断られ、かっとして殺したんじゃないかと睨んだんだ。だが、あいにく立花にははっきりとしたアリバイがある。居酒屋で酔って暴れていたんだ。女将と三人の客が、立花のアリバイを証言している」

「すると結局、残った可能性は二つですね。一つは、占部製糸の工員の中に犯人がいる可能性。もう一つは、川宮という私立探偵が話していたように、被害者の弟の武彦が犯人だという可能性」

呉田部長刑事がそこで発言した。

「武彦が去年の十二月に整形手術をして、十三日に医師を殺害したことは、新聞記事からして事実なんだろうが、それが今度の事件と関係あるかどうか、被害者を殺害したのが武彦なのかどうか、私には大いに疑問ですな。整形手術で顔を変えて別人に成りすまし、兄のそばで暮らすだなんて、探偵小説じゃあるまいし、そんなことが現実にありうるなんてとうてい思えませんや。警部はどう思います？」

「確かに現実離れしているが、武彦が去年の十二月に占部邸を去るときに自分の部屋から指紋をすべて消していたのも事実だ。ここからは、別人となって兄に近づいたときに、指紋から正体がばれるのを防ごうとしたという結論が導かれる。武彦犯人説にもそれなりの説得力はある。

だから、明日にでも、町役場で、去年の十三日に東京で整形外科医を殺害したなら、間がいるかどうか調べる必要がある。十三日に東京で整形外科医を殺害したなら、この町に来るのは早くても十四日だからな。それから、警視庁に連絡して、整形外科医殺しについて詳しく訊く必要もある。場合によってはこちらから刑事を上京させる必要もあるだろう。

ただ、肝心なのは、武彦が犯人かどうかということよりも、被害者が武彦に命を狙われていると思っていたことだ。被害者は弟を恐れて、寝室の窓や鎧戸に鍵をかけていた。にもかかわらず、犯人は被害者に鍵を開けさせ、寝室に侵入して犯行に及んでいる。ここからわかるのは、犯人は被害者に深く信頼されている人物だったということだ」

池野刑事が口を挟んだ。

「そうすると、犯人が工員という可能性は低くなるんじゃありませんか。もし工員が相手だったら、被害者は警戒して窓を開けなかったでしょうから」

呉田部長刑事が腕組みする。

「確かにそうだが……。しかし、川宮という私立探偵の話は信用できるのかな。被害者が窓や鎧戸に鍵をかけたという話は嘘かもしれない。ひょっとしたら、あの私立探偵は工員とぐるなのかもしれない。被害者が窓や鎧戸に鍵をかけたと嘘をつけば、警察は工員が犯人だという可能性を除外してしまう、そう考えたのかもしれん」

双竜町警察署の加山刑事がうなずいた。

「確かに、あの私立探偵はうさんくさそうでしたな。アプレゲールとやらで、最近の若い連中は信用できませんよ。まあ、妹の方はまともそうに見えたが……」

池野刑事が反論した。

「しかし、あの私立探偵は被害者の伯母がわざわざ東京から呼び寄せた連中です。占部製糸の工員とぐるという可能性はまずないと思います。ですから、あの私立探偵の証言は信用してよいと思いますが」

そうだな、と蓮見は答えた。

「俺も、窓や鎧戸に関する証言は信用していいと思う。だから、これからの最大の捜査方針は、被害者が窓や鎧戸の鍵を開けるほど信頼していた人物を絞り込む――その点に尽きる」

4

通夜の集まりがお開きになったのは、十時頃のことだった。

「本日はどうもありがとうございました」

貴和子夫人は深々と頭を下げて、通夜客たちを一人一人送り出した。双竜町の町長が言う。

「あなたもつらいでしょうが、しっかりしてください。武彦さんを除けば、あなたが占部家の最後の一人になってしまったんじゃから。困ったことがあったら、何でも相談してください。わしにできることなら力になります」

「ありがとうございます」

最後の通夜客を送り出すと、貴和子夫人は急に疲れが出たようだった。わたしは早く休むよう勧めたが、夫人は首を振った。

「仏様のそばで一晩中通夜をするつもりです」

「一晩中？　お疲れなんですから、早く休まれた方が……」

「ご心配なく。わたくしはこう見えても丈夫ですから。ただ、一つお願いがあるのですけれど……」

「何でしょうか」

「わがままを言うようですが、あなたたちもお通夜に付き合っていただけませんか？　一人では心細いので……」

「ええ、かまいませんよ」

兄とわたしは承諾し、サンルームで貴和子夫人とともに文彦の亡骸の入った柩を前にした。

貴和子夫人は無言で柩を見つめていた。わたしたちも黙っていた。三十畳ほどもあるサンルームは、しんと静まり返っている。ストーブが二台、置かれていたが、しんしんと寒さが押し寄せてきた。

十時半頃、三沢純子に案内されて、蓮見警部がサンルームに入ってきた。小太りの男と痩身の男を従えている。どちらも初老だ。蓮見警部は角ばったいかつい顔に照れたような表情を浮かべて言った。

「今晩が通夜なんだそうですね。仏さんに手を合わせておこうと思って、ちょっと寄らしてもらいましたよ」

「わざわざありがとうございます」

貴和子夫人が立ち上がって深々と頭を下げると、蓮見警部は眩しそうな顔をした。貴和子夫人は続いて痩身の男に目を向けた。

「緒方先生も来てくださったのですね。ありがとうございます」

「私の病院で文彦君の解剖をさせてもらいました。昨日の夕方、文彦君は会社の帰りに、安藤君の運転する車で私の病院に寄ってくれたのです。会社で右手の人差し指を突き指したとかでね。占部製糸の事業拡大について熱く語っていて、意気軒昂(いきけんこう)だった。あのときはまさかこんなことになるとは……」

緒方と呼ばれた痩身の男が沈鬱な顔で言った。わたしは駅前広場に病院があったのを思い出した。そこの院長だろうか。

「こちらは……？」

貴和子夫人は問いかけるように小太りの男を見た。

「文彦氏の検屍と司法解剖を担当した警察医の本多先生です」と蓮見警部が言う。

「そうですか……。どうもお世話になりました」

貴和子夫人はまた深々と頭を下げた。本多医師は照れたように手を振った。

「いえいえ……。甥御さんはお気の毒でした。検屍や司法解剖をして嬉しかったことは一度もないが、とりわけ相手が甥御さんのようなお若い方だと、こちらも本当につらくなりますよ。警察医というのは因果な商売だとつくづく思いますな」

貴和子夫人は三沢純子に「お疲れさま。もうお休みなさい」と優しく声をかけた。女中は一礼してサンルームを出ていった。

蓮見警部が兄とわたしに目を向けた。

「あんたたち、こそこそ嗅ぎ回っているそうじゃないか。何を企んでいるんだ？」

嗅ぎ回っているとは失礼な。わたしはむっとして見返した。

「わたしたちなりに事件を捜査しているんです」

蓮見警部は失笑した。

「事件を捜査しているだと？　私立探偵風情が何を言う。捜査は警察に任せておけばいいんだ。そもそもあんたたち、依頼人を守ることすらできなかったじゃないか」

「だからこそ、犯人を突き止めたいんです」

「なかなか殊勝なことを言うもんだな。これまで何を捜査したんだ？」

「警察が捜査したことを教えてくれたら、わたしも教えます」

「あんた、いい度胸をしているな。それだけはほめてやるよ」

そのとき、貴和子夫人が穏やかな声で口を挟んだ。

「警部さん、わたくしからもお願いいたします。差し支えない範囲で結構ですから、川宮さんたちにも捜査内容を教えてあげてくださいませんか。わたくしも文彦さんの伯母として、捜査がどこまで進んだのか聞かせていただきたいと思いますし」

「いや、そう言われてもね……」

蓮見警部はまた眩しそうに貴和子夫人を見ると、がりがりと頭を掻いた。無骨な外見に似合わず意外に純情らしい。

「警部さん、どうかお願いいたします」

「……わかりました。差し支えない範囲だけお話ししましょう。訊き込みの結果、犯人はこの町かその近辺に住んでいる人間、あるいは外部から来たとしても町に知人がいる人間だと思われます。われわれはまず、立花守を容疑者として取り調べました。

ご存じのように、立花は昨日の夕方五時頃、文彦氏に会いにこちらのお屋敷を訪れました。五時半に帰宅した文彦氏に立花は借金を申し込んだが、断られて、五時四十分頃に帰ったという。借金を断られた立花が夜にもう一度文彦氏を訪れ、そこで争いになって犯行に及んだのかもしれない――そう思って、われわれは立花に目を付けたんです。ところが、あいにく立花にはアリバイがあった。文彦氏が殺されたのは、胃の内容物の消化状態から判断して、食後二時間、つまり午後八時頃なんだが、立花は七時半から八時半にかけて〈黒猫〉という居酒屋で酒を飲んでいたんです。裏を取ってみたんですが、本当でした」

「立花ってどんな人なんですか？」わたしは貴和子夫人に尋ねた。

「今年の二月にこの町へ来た方で、ブローカーとしていろいろな物資を町で売っておられます。文彦さんの戦友で、この屋敷にもよく遊びに来られました」

「――今年の二月にこの町へ来た？」

脳裏に不意にひらめくものがあった。

「立花という人、年はいくつぐらいですか？」

「三十前後かしら」

「身長は？」

「百六十センチ台半ばですね」

「――ひょっとして、立花という人が、整形手術で顔を変えた武彦氏だということはありませんか？　この町に来た時期も年齢も身長もちょうど符合しますし」

わたしが言うと、兄が面白そうな顔でこちらを見た。

「立花さんが武彦さん……？」貴和子夫人が首をかしげた。「それはちょっと考えられません。武彦さんは物静かで紳士的な人だったけど、立花さんは残念ながらそうとは言えませんし」

「演技しているのかもしれませんよ」

そこで緒方院長が怪訝そうに口を挟んだ。

「武彦君が整形手術で顔を変えた？　いったい何のことです？」

「武彦氏は去年の十二月に整形手術で顔を変えて、別人に成りすましてこの町に住んでいるんです。文彦氏を殺すためにです。そもそも、わたしと兄が文彦氏に雇われたのも、武彦氏から文彦氏を守るためだったんです」

「それは本当ですか？」

緒方院長は驚いたように蓮見を見やる。

「いちおう、その可能性も考えて捜査しています。ただ、占部製糸の社長であるがために殺害された可能性もある。両方の可能性が考えられます」

「警部さん、文彦氏と武彦氏の血液型はAB型だと文彦氏に聞いたんですけれど、間違いありませんか？」わたしは尋ねた。

「そこまではまだ調べていない」

緒方院長が答えた。

「文彦君の血液型はAB型で間違いありませんよ、お嬢さん」

「よくご存じですね」

「この九月に、文彦君が音頭を取って、町ぐるみで献血運動を行ってくれたのです。以前、うちの病院で輸血用の血液が不足していると文彦君に話したことがあるのですが、文彦君はそれを憶えていてくれたようでしてね。文彦君が呼びかけてくれたおかげで、大勢の町民が献血に協力してくれた。献血の際にはいちおう提供者の血液型を訊くのですが、提供者が自分の血液型を知らなかったり、間違って憶えていたりする恐れもあるので、こちらで検査を行って血液型を確認した上で、A型、B型、O型、AB型の四種類に分類しました。そのときに調べたところでは、文彦君の血液型はAB型だった。文彦君は献血者の第一号だったから、私はよく憶えているのです」

「文彦氏の血液型がどうしたというんだ？」

蓮見警部が訝しげな顔でわたしに問いかけた。

「文彦氏と武彦氏は一卵性双生児ですから、血液型が同じです。武彦氏の血液型がAB型だとわかれば、武彦氏を特定する重要な手がかりになります。——九月の献血運動のときには、立花も参加したんですか？」

訊かれた緒方院長は記憶を探るような眼差しになった。

「……確か、参加していたと思います。町であまり評判のよくない男が献血にやって来たので、ちょっと見直したのを憶えていますよ」

「立花の血液型は何ですか？」

「何だったでしょうなあ。B型だったような気がするのだが……」

「B型？　確かですか。AB型の間違いじゃありませんか」

「献血には大勢の町民が応じてくれたし、立花は別に親しくも何ともないので、はっきりとは憶えておらんのですよ。病院に戻って献血者の名簿を確認してみればすぐにわかるのだが……」

「お手数ですけど、立花の血液型を調べていただけませんか？　きっと、AB型だと思います」

「それは別にかまいませんが……」

蓮見警部がうんざりしたようにわたしを見た。

「あんた、こっちの話を聞いてなかったのか？　血液型をうんぬんする以前に、立花には確固たるアリバイがあるんだ。立花が武彦だとしたら、武彦が兄を殺したというあんたたちの説は怪しくなるんじゃないのか？」

「立花のアリバイは確かなものなんですか。アリバイ工作をしたのかも」

「立花が午後七時半から八時半まで〈黒猫〉という居酒屋にいたことは、店の女将や常連客たちの証言から見て確実だ。連中が嘘をついている様子もない」

「七時半から八時半までいたっていうけれど、時間を錯覚させたのかもしれませんよ。たとえば、時計の針を動かすとか」

「立花が七時半から八時半までいたとわかったのは、ラジオから流れている番組のおかげだ。ラジオから流れる番組をごまかすのは無理だ」

そのとおりだ。しかし、わたしは立花が武彦だという仮説をあきらめきれなかった。

「兄さんはどう思う？　立花が武彦氏だとは思わない？」

　兄は首をかしげた。

「今のところは何とも言えないな。手がかりが少なすぎる。それに、立花が武彦氏だとしたら、血液型の問題とアリバイの問題を何とかする必要がある」

「わたし、立花は絶対に武彦氏だと思うな」

「せいぜい探偵ごっこにはげむことだな。――それでは、われわれはこれで失礼しますよ」

　蓮見警部は立ち上がると、貴和子夫人に言った。

「お見送りしましょう」と言って貴和子夫人も立ち上がった。

　貴和子夫人が蓮見警部と二人の医師を見送りに出ていったあと、兄とわたしはサンルームに残っていた。

　額縁に入った写真が壁にかけられている。雪景色の中、双竜駅の駅舎を背景に、肩を組み合わせて笑う青年二人のものだった。占部文彦と武彦だ。一重瞼、獅子鼻、尖った顎――顔のあらゆる部分が、まるで同じ鋳型から作り出されたかのようだった。顔だけではなくからだつきもまったく同じである。

「本当にそっくりね。何だか、気味が悪いくらい」わたしは写真を見ながら言った。

「武彦が整形手術をしたのは、別人となって文彦氏に近づくためだけれど、理由はそれだけじゃないと思うよ。憎い兄と同じ顔でいるのは嫌だという思いもあったに違いない」

「きっとそうでしょうね。鏡を見るたびに、憎い兄の顔がそこに映っているんだもの。自分の顔を変えたくなったのも無理はないわ」

貴和子夫人はすぐに戻ってきた。兄が壁の写真を見ながら尋ねた。

「この写真はいつ撮ったのですか」

「去年の一月二十八日、文彦さんと武彦さんがこの町に戻ってきたときに、双竜駅前で撮ったものです」

「文彦氏は昨日の夕食の席で、伯父の竜一郎氏は文彦氏と武彦氏が一卵性双生児であることをことのほか気に入っていた、というのも一卵性双生児が当主であるとき、占部家はとりわけ栄えたからだ、とおっしゃっていましたが、そんな伝承があるのですか」

「はい。戦国時代、占部家はこの辺り一帯の領主だったと言われております。ある夜、当主の奥方の夢枕に双子の竜が立ったのだそうです。竜たちは奥方に、自分たちの子を授けると告げました。不思議なことに、奥方が産んだのは、双子の男の子でした。それも、今で言う一卵性双生児の兄弟だったとか。二人は本当に瓜二つだったのだそうです」

しかし当時、双子という存在が忌み嫌われていたこともあり、そのことはひた隠しにされたという。占部家の当主となったのは兄だった。弟を知るのはごく一部の限られた者だけ。弟は兄の影となり支えとなった。やがて、「占部家のご当主は神々の寵児だ」と領民たちは囁き交わすようになった。戦で瀕死の重傷を負ったはずの当主が、戦から戻ってすぐに、傷一つない姿で領民たちの前に現れたからだった。弟が兄の代わりを務めたのだが、これが占部家当主の力を確固たるものにした。

「その後も占部家にはしばしば双子が、それも今でいう一卵性双生児の兄弟が生まれ、そうした時代に占部家はいっそう栄えたといいます。たとえば、夫の竜一郎の祖父の琢磨は、明治十年に占部製糸を設立し、占部家の繁栄を築いた人ですが、この琢磨にも一卵性双生児の弟、琢也がいました。二人はともに会社経営に優れた手腕を発揮し、この町の名前を取って『双竜』と綽名されていたほどでした。

夫は、そうした祖父たちの代と自分の代を比べて、忸怩たる思いを抱いていたようです。祖父たちが兄弟で協力して占部製糸の経営にあたったのに、自分と弟は喧嘩別れし、三十年ものあいだ会っていない。しかも、自分には跡継ぎがいない……。

そんなとき、夫の脳裏に、弟の竜司さんに双子が生まれたと、三十年前に風の便りで聞いたことが蘇ったのです。双子の伝承を信じていた夫は、占部家をさらに栄えさせるために、竜司さんの双子の息子たちを跡継ぎにすることを決意したのです。

夫は三十年も前に喧嘩別れした弟のことをいまだに憎んでいましたけれど、憎い弟の血を引く者たちを跡継ぎにしたいと思わせるほど、双子の伝承は夫には魅力的だったのでした。

夫は、祖父の琢磨とその双子の弟の琢也のように、文彦さんと武彦さんが協力して、占部製糸をさらに発展させることを期待していたようです。でも、このときだけは、占部家の双子の伝承も効き目はありませんでした。琢磨と琢也の兄弟とは違って、文彦さんと武彦さんはひどく仲が悪かったのです。夫が生きているあいだは反目を隠していたようですけれど、夫が去年の八月にクモ膜下出血で亡くなると、反目はあからさまになりました。そして、十一月二十日に小夜子さんが中傷の手紙のせいで自殺したことが反目を決定的にし、十二月一日に、とうとう武彦さんはこの屋敷を飛び出してしまったのです。

夫は、文彦さんと武彦さんが琢磨と琢也の双子のようになることを期待していたのですが、実際には、夫と竜司さんの兄弟のようになってしまい、そして武彦さんは竜司さんのようにこの屋敷を飛び出したのでした……」

貴和子夫人は沈んだ表情で言葉を切り、悲しげに首を振った。

五の奏　捜索の朝

1

翌二十二日の朝七時。貴和子夫人と兄とわたしは通夜を終えて、食堂に入った。通夜で一睡もしていないので、わたしは頭がぼうっとしていたが、兄の方は平然とした顔だった。さすが徹夜麻雀が大好きだというだけのことはある。貴和子夫人もほとんど疲れを見せていなかった。ほっそりとして脆そうなのに芯の強い人だと感心する。

三沢純子がテーブルに朝食を並べていく。白米の香りにわたしは陶然とした。叶うならば、このままいつまでもこの屋敷に泊まっていたい。

そのとき、割烹着姿の岡崎史恵が食堂に入ってきた。ためらいがちな足取りで貴和子夫人に近づいていく。食事のことで何か相談したいのかと思ったが、そうではなさそうだった。岡崎史恵の丸い顔には、深刻な問題に悩んでいるような表情が浮かんでいたのだ。

「史恵さん、どうしたの？」

貴和子夫人が優しく声をかけた。岡崎史恵はもじもじし、何度も口を開いたり閉じたりした。

「あ、あの……」

「何？　何でも言ってごらんなさい」

「あの、これまで黙っていたんですけど、実はあたし、立花さんのことでお話ししたいことがあって……」

また立花か。よく話題になる人物だ。

「立花さんがどうしたの？」

貴和子夫人が問うが、岡崎史恵はためらって口を開かない。

「黙っていたのではわからないわ。史恵さん、立花さんがどうしたというの？」

女主人にそう言われて、料理人はようやく口を開いた。

「実はあたし、一昨日の夜九時に、立花さんが文彦様のお部屋を覗き込んでいるところを見たんです」

わたしは愕然(がくぜん)として岡崎史恵を見つめた。兄も驚いたようで、箸を動かす手を止める。貴和子夫人も困惑したようだが、穏やかに問いかけた。

「——本当なの、それは？」

「え、ええ」

わたしたちの注目を浴びた料理人は、硬くなってうなずいた。

「詳しく話してちょうだいな」

「あの晩九時頃、あたしは台所で明日の朝食の下ごしらえを終えて、お屋敷の庭を散歩していたんです。そうしたら、文彦様の寝室から灯が漏れてるじゃありませんか。初めはカーテンが開いているのかと思ったんですけど、近寄ってみたら窓が開いたままなんです。この寒いのにどうしたんだろうとびっくりしました。でも、もっとびっくりすることがあったんです。誰かが窓から文彦様の寝室を覗き込んでいたんですよ」

「それが立花さんだったのね」

「ええ」

「立花さんはそれからどうしたの？」

「周りをきょろきょろ見回してから、こちらの方へ早足で歩いてきました。あたしには気づいていないみたいだった。あたしはなぜだか見つかったらよくないような気がして、慌てて松の木の陰に隠れました。立花さんはそのまま歩き続けて、正門から出ていきました。

昨日の朝、文彦様が寝室で遺体で見つかって、しかもお亡くなりになったのが一昨日の晩の八時頃と聞いてびっくりしました。立花さんが寝室を覗き込んだとき、文彦様はそこで冷たくなっていたということじゃないですか。立花さんは文彦様の亡骸を見たはずです。だけど、警察がそのことで立花さんを取り調べているという話は全然聞きません。立花さんは文彦様の亡骸を見たことを言っていないということですよね。何で言わないんだろうと思ったし、警察に立花さんを見かけたことをよっぽど告げようかとも思ったけど、何だか怖くて、結局今まで黙っていたんです。でも、もう黙っているのも限界で……今さら警察に話しても叱られそうなんで、奥様に聞いていただこうと思って……すみません、今まで黙っていて……」

岡崎史恵はおどおどと貴和子夫人を見た。夫人は優しく微笑みかけた。

「史恵さん、よく話してくれたわね。どうもありがとう」

「立花さんにすぐに話を聞いてみるべきです」

わたしは勢い込んで口を挟んだ。

「犯行後一時間しか経っていない現場を覗き込んだのだから、何か重要な手がかりを目にしているかもしれません。そう思わない、兄さん？」

そうだな、と兄も立ち上がった。

「立花さんの住まいを教えていただけますか？」

「安藤の運転する車でお連れします」

わたしたちはダイムラーに乗り込んだ。占部邸の正門を出ると、湖岸の道を南へ向かう。眠気は完全に消し飛んでいた。

右手に見える琵琶湖は朝の日差しを浴びてきらめき、徹夜明けの目に眩しいほどだった。沖合に見える魞のそばに一艘の小舟が浮かんでいる。魞に入った魚を捕まえているのだろう。

漁師の家がぽつんぽつんと立ち並ぶ一帯を通り過ぎると、人家が見当たらない一帯に差しかかった。いや、一軒だけぼろぼろの平屋が立っている。

「……あれ、どうしたのかしら」

平屋のそばに、警察自動車が何台も停まっていたのだ。昨日、占部邸の現場で見かけた刑事が何人も平屋に出入りしているのが見える。嫌な予感を覚えた。

安藤がダイムラーを停める。わたしと兄は車を降りると、平屋に向かって歩き出した。安藤に付き添われた貴和子夫人がついてくる。平屋から蓮見警部が出てきた。

「貴和子夫人、どうしてここへ？」警部が驚いたように言う。

「何が起きたんですか？」わたしは声をかけた。

「立花が殺されたんだ」

2

午後十時半頃、占部邸での文彦の通夜に顔を出した蓮見は、警察自動車で双竜町警察署に戻った。

部下たちは双竜町警察署の講堂にいた。今晩はここで泊まることになっている。朝九時前に大津を出て車で五時間も走った疲れが出たのか、退職間近の呉田部長刑事などは早々と布団に潜り込んでいた。

十二時を過ぎ、消灯しようとしたときだった。講堂の扉が開き、双竜町警察署の刑事が一人、駆け込んできた。

「立花守が殺されました！」

一瞬にして眠気が醒めた。

「どこでです？」

「立花の自宅です」

「発見者は？」

「うちの署の出川巡査です。警邏の途中で発見したんです」

「我々もすぐに向かいます」

蓮見は布団に潜り込んでいる部下たちに「起きろ！」と怒鳴った。部下たちは次々と布団から出て立ち上がった。立花が殺されたと聞いて、皆の顔に緊張が走る。

「ただ、立花の死体そのものはありません」双竜町警察署の刑事が言う。

「どういうことですか？」

「出川巡査は立花の死体を発見した直後、現場に潜んでいた犯人に、クロロフォルムと思しき薬品で気絶させられたんです。犯人は出川巡査が気絶しているあいだに死体を琵琶湖に遺棄した模様です」

「出川巡査を襲った？　大丈夫なんですか」

「ええ、幸い命に別状はありません。出川巡査は三十分ほどして目が覚めたあと、つい先ほど、自力でここに戻ってきたんです」

「話を聞くことはできますか？」

「少しぐらいなら」

「では、聞かせてもらいます。出川巡査のところに案内してくれますか」

蓮見は池野刑事を呼ぶと、双竜町警察署の刑事に、出川巡査のいる医務室へ案内してもらった。

丸い鼻の巡査は青ざめた顔で椅子に座っていた。蓮見と池野を見ると、頭を下げた。

「災難だったな。気分はどうだ？」

「あまりよくありませんが、大丈夫であります」

「すまんが、話を聞かせてくれるか」

巡査はうなずき、ぽつりぽつりと話し始めた。

十一時過ぎのことだったという。出川はいつものように、自転車で湖岸沿いの道路を警邏していた。湖岸沿いは漁師の家が多いが、朝が早い仕事なので、ほとんどの家はすでに灯りを消している。星明りと自転車のライトだけが頼りだった。

辺りに人家のない一帯に差しかかる。一軒だけ粗末な平屋がある。立花守の家だ。前日の夕方、滋賀県警察部の刑事たちを案内して訪れたのを出川は思い出した。

ふと奇妙に思った。平屋の戸が開き、室内の灯りが漏れているのだ。今の季節、夜の湖岸はとても寒い。戸を開けたままというのはおかしい。人が出てくる気配もなかった。

胸騒ぎを感じて、様子を見てみることにした。平屋の前に自転車を停めると、開いた戸から室内を覗き込む。

土間、続いて台所がある。そこには誰もいなかった。その向こうの六畳間に目をやって、出川はどきりとした。立花が畳の上に仰向けに倒れていたのだ。卓袱台が倒れ、湯飲み茶碗が転がり、ガラスの破片が散らばっている。火鉢が横倒しになって灰がこぼれている。

立花は両手を胴体の脇につけた姿勢で、上半身をロープでぐるぐる巻きにされていた。左胸にナイフらしきものが突き立っている。

出川は慌てて土間で靴を脱ぐと、台所を抜けて立花に近寄った。目は閉じられ、からだは微動だにしない。左胸に刺さったナイフの周囲は赤黒い血で汚れている。ぐるぐる巻きにしたロープで胴体の脇に押しつけられたままの右手首に触れると、驚くほど冷たかった。生きている人間のものではなかった。そして、脈動がまったく感じられない。

不意に背後で気配を感じ、出川は振り返ろうとした。そのとたん、誰かの腕が首に巻きつけられ、鼻と口に湿った布が押しつけられた。甘ったるい臭いが鼻腔(びこう)に流れ込み、出川は意識を失った。

胸のむかつきとともに目を覚ました。腕時計を見ると、十一時半を回っている。三十分ほど意識を失っていたことになる。甘ったるい臭いから考えて、クロロフォルムとやらを嗅がされたようだ。

室内を見回してぎょっとした。立花の死体がなくなっていたのだ。倒れた卓袱台も転がった湯飲み茶碗も散乱したガラス片も横倒しになった火鉢も変わらないが、死体だけがなくなっている。

六畳間の押入れを覗いたが、死体はない。厠を覗いたがそこにもない。台所にもない。外に運び出されたのだろうか。出川はよろよろと立ち上がると、外に出た。砂浜に死体を引きずった跡が残っていた。その先には小さな舟を停めてあった痕跡があったが、そこから湖へと舟を出した跡が残っていた。犯人は死体を舟に積んで湖に捨てに行ったのだ。出川は自転車に飛び乗ると、双竜町警察署に向かって必死で漕ぎ始めた……。

「立花が死んでいたのは確かか？」

「はい、間違いありません」

「わかった。我々はこれから現場に向かう。あんたはもう休むといい」

「いえ、本官も同行させてください」

「無理をするな。クロロフォルムはからだに悪影響があるというぞ」

「大丈夫です。このままでは気になって休むこともできません」

出川巡査は必死の形相だった。蓮見は迷った。出川巡査の容態は気になるが、彼がいてくれた方が捜査をしやすいのも確かだ。

「わかった。あんたも来てくれ」

＊

滋賀県警察部の刑事たちは、大津から乗ってきた三台の警察自動車に分乗し、双竜町警察署の刑事が運転する警察自動車のあとについて立花の家に向かった。

時刻は午前一時近くで、どの家もすでに灯りを消していた。やがて湖岸沿いの道に出て、漁師の家がぽつんぽつんと立ち並ぶ横を通り過ぎる。右手に広がる琵琶湖は、星明りを受けて湖面がわずかに光を帯びている。

辺りに人家のない一帯に、立花の平屋があった。その前に警察自動車を停めると、蓮見たちは降り立った。

吐く息が白くなる。夜の湖岸は身震いするほど寒かった。かすかな波音が響いてくる。

玄関の戸は開いたままで、室内の灯りが漏れていた。蓮見は玄関に近づき、中を覗き込んだ。

土間の奥に台所と六畳間。台所の流しには汚れた食器が積み上げられたまま。これは、昨日の夕方四時台に訪れたときと同じだ。

だが、六畳間は昨日とは一変していた。みかん箱に布を張って作った卓袱台が引っくり返り、その上に載っていたらしい湯飲み茶碗が畳の上に転がっている。ガラスの破片が散らばっているのは、カストリか安ウィスキーの瓶が割れたものだろう。火鉢も横倒しになり、灰が畳にこぼれていた。室内で犯人と立花との争いがあったらしい。

「あんたがさっき目にした状態と変わりないか？」蓮見は出川巡査に訊いた。

「ええ、変わりありません」

「この六畳間のどの辺りに死体があったんだ？」

この辺りです、と出川は六畳間の真ん中辺りを指差した。

蓮見は同行してきた二名の鑑識係に写真の撮影と指紋の採取を命じると、外に出た。

玄関から砂浜へと重いものを引きずった跡が残っていた。その跡は湖面に近い一地点で途切れている。その地点には小舟を置いていた痕跡があった。そこから湖面へと小舟を出した跡が残っている。

犯人は六畳間で立花を刺殺したあと、ロープでぐるぐる巻きにした。おそらく、ロープに重石（おもし）をつけて琵琶湖に沈めようと考えたのだろう。犯人は死体を引きずって家を出ると、小舟に乗せ、琵琶湖に漕ぎ出した……。

「それにしても、立花はなんで殺されたんでしょうね？」呉田部長刑事が言った。

「立花は事件当日の午後五時頃、占部文彦に借金の申し込みに行っている。そのときに、犯人の正体につながる何かを見聞きしたのかもしれんな」

「しかし、犯行がまだ行われていない段階で、犯人の正体につながる何かを見聞きすることがあるでしょうか」

「文彦から、ある人物を武彦ではないかと疑っていると聞いたのかもしれん。文彦が殺されたあと、立花はその人物に接触し、口封じに殺された……」

「なるほど……」

呉田部長刑事はうなずいたが、納得していない顔だった。蓮見は笑った。

「クレさんは武彦犯人説を信じていないからな」

「信じていないというわけじゃないんですがね、ちょっと探偵小説じみていて眉唾物だと思いまして」

「俺だって全面的に信じているわけじゃない。社長の座を巡る争いや、労働争議が過激化した可能性も捨てきれない」

やがて、鑑識係二名が写真撮影と指紋採取が終了したと知らせに来たので、蓮見たちはもう一度室内に入った。

立花が犯人の名前を日記にでも書き残していないかと思ったが、あいにく立花に日記をつける習慣はなかったようだった。それとも犯人が持ち去ったのか。だが、昨日、短いあいだだが立花と接したときの印象から見て、日記をつけるようなこまめな人間だったとはとうてい思えなかった。

蓮見たちは一時間ほど調べたあと、双竜町警察署に戻った。夜の現場検証は限界があるし、徹夜をしてはこのあとの捜査に差し支える。何時間か休んで、朝の光の下で再度、現場検証をするべきだろう。

3

双竜町警察署の講堂で仮眠を取った蓮見たちは、朝七時前、再度立花の家に赴いた。

双竜町警察署に頼んで、所有しているモーターボート二艘を出してもらうとともに、漁師たちに琵琶湖を捜索するよう網元に話を通してもらう。

蓮見が立花の家を捜索していると、外で自動車が停まる音がした。窓から外を見て驚いた。黒塗りのダイムラーが停まっており、私立探偵兄妹が、次いで運転手の安藤と貴和子夫人が降りてきたのだ。なぜ、彼らが？　蓮見は急いで外に出た。

「貴和子夫人、どうしてここへ？」

「何が起きたんですか？」川宮奈緒子が訊いてくる。徹夜したのか、若々しい顔に少し疲れた様子がある。

「立花が殺されたんだ」

「遅かった！」川宮奈緒子が叫んだ。

「遅かったって、どういう意味だ？」

貴和子夫人が言った。

「史恵さんが……うちの料理人が、事件のあった一昨日の夜九時に、立花さんが文彦さんの寝室の窓を覗いているのを見かけたそうなのです」

「立花が覗いていた？」蓮見は愕然とした。

「立花さんは文彦さんの亡骸を見たはずなのに、何も言っていません。それで、立花さんに話を聞こうということで、川宮さんたちとこちらに来たのです」

立花が殺された理由を蓮見は理解した。午後九時、現場を覗いた立花は、犯人の正体を示す何かを発見したのだ。そして犯人に接触し、口を封じられた……。

「警察は、どうして立花の死体を発見したんですか？」川宮圭介が言う。

「双竜町警察署の巡査が警邏中に発見したんだ」

蓮見は昨晩から今朝にかけての経緯を簡単に説明した。

「立花の死体は見つかったんですか」

「いや、まだだ。現在、双竜町警察署のモーターボートや漁師の舟で探しているが、まだ見つかっていない」

「死体をひきずった犯人の足跡はどんなものだったんですか」

「男物の靴跡だ。歩幅からしても男のものだと見て間違いない」

蓮見は貴和子夫人に言った。

「料理人の話を詳しく聞かせてもらいたいので、お屋敷にうかがってもよろしいですか」

＊

占部邸に着いた蓮見たちは、貴和子夫人に応接間に案内された。すぐに料理人の岡崎史恵が連れられてきた。

「さあ、史恵さん、そんなに怖がらなくてもいいわ。正直に話せば、警部さんも怒らないでしょうから」

貴和子夫人が優しく言う。岡崎史恵は何度もつかえながら、一昨日の午後九時に、立花守が文彦の部屋を覗き込んでいるところを目撃したことを話した。

「あんた、そんな重大なことをどうしてもっと早く話してくれなかったんだ」

聞き終えると、蓮見は岡崎史恵を睨みつけた。この女の愚かさ加減に腹が立ってたまらなかった。

「告げ口するみたいで嫌だったもんですから……」彼女は震え声で弁解した。

「あんたがもっと早く話してくれていれば、われわれは立花から話を聞くこともできたんだ」

「すみません……」

岡崎史恵は今にも泣き出しそうだ。見かねたように、川宮圭介が蓮見に尋ねた。

「立花さんが一昨日の午後九時に文彦氏の寝室を訪れたのは、何のためだったんでしょう？」

「借金の申し込みだろうな。立花は一昨日の夕方五時頃、文彦氏に借金の申し込みに行ったが、帰宅した文彦氏に、東京から客が二人――あんたたちのことだ――来るので忙しいと断られて、五時四十分頃にこの屋敷を去った。午後七時半から八時半頃まで立花は居酒屋〈黒猫〉で酔って騒いでいたんだが、文彦氏が金を貸してくれないと愚痴っていたらしい。立花は八時半頃に〈黒猫〉を追い出されたが、酔って気が大きくなって、もう一度、借金の申し込みをするために九時に屋敷に足を運んだ。夜遅いから、屋敷の玄関から訪れるわけにはいかない。そこで立花は、文彦氏の寝室を直接訪れた。

犯人は犯行を終えて立ち去り、窓は開いたままになっていた。窓から寝室を覗き込んだ立花は、文彦氏の遺体を発見するとともに、犯人の正体を示す重大な証拠も目にしたに違いない。立花はその証拠を手にして立ち去った。岡崎さんが見たのはそのときの立花だ。岡崎さん、そのときの立花はどんな格好だった？」

「いつも着ている汚い外套を羽織っていました」

「鞄のようなものは？」

「持っていませんでした。手ぶらでした」

「とすれば、立花が現場から持ち去った、犯人の正体を示す証拠は、外套のポケットに隠せる程度のごく小さなものだったことになる。金に困っていた立花は、犯人の正体をわれわれ警察に告げる代わりに、犯人を恐喝した。だが、犯人は金を払うつもりなどまったくなかった。昨夜、立花の家に足を運んで、やつの口を封じたんだ」

蓮見は昨日の午後四時過ぎに立花の家を訪ねたときのことを苦い思いで脳裏に蘇らせた。あのとき立花は、一昨日の夜八時半に居酒屋〈黒猫〉を追い出されたあとは酔い潰れてまったく覚えていないと言っていたが、実際には九時に占部邸を訪れていたのだ。忌々しいのは、あのとき立花は、犯人が誰かを知っていたということだった。それなのに立花は何も知らないふりをし、蓮見はその芝居にまんまと騙(だま)されてしまったのだ。ただの飲んだくれの小悪党だと甘く見たのが間違いだった。

「立花さんが文彦氏の寝室を覗き込んで発見した、犯人の正体を示す重大な証拠は何だったと思いますか？」川宮圭介が尋ねた。

「たぶん、犯人が日頃、身に着けているものだろう。装身具かもしれんし、万年筆かもしれん。あるいは犯人と被害者が争ったときに犯人の服のボタンが取れて落ちたのかもしれん。立花はそれを手にして占部邸を立ち去ったんだ」

「立花さんの家の中からは、それらしいものは見つからなかったんですか？」

「ああ。犯人は首尾よく回収したらしいな。――岡崎さん、あんたがもっと早く話してくれていれば、警察は立花を訊問して、午後九時に文彦氏の部屋で何を発見したのか、知ることができただろう。そうしたら事件は解決していただろうし、立花も犯人に殺されずにすんだんだ」

「すみません、あたしのせいで……」

岡崎史恵はとうとう泣き出してしまった。割烹着の裾を目に当ててしゃくり上げる。

「史恵さん、泣かないで」

貴和子夫人が料理人に優しく声をかけた。それから蓮見に目を向けると、訴えるように言った。

「警部さん、もうよろしいでしょう？　史恵さんも悪気があって黙っていたのではないのですし……」

「そうですな。ただ、念のために訊いておきましょう。岡崎さん、あんたは昨晩は何をしていた？」

「六時過ぎからずっと厨房で、通夜客にお出しする料理を作ったり、後片付けをしたりしていました。手伝いに雇った町の娘たち三人と一緒でした。後片付けが済んだら休んでいいと奥様におっしゃっていただいていたので、十時過ぎに町の娘たちを帰して、自分の部屋に戻りました」

「そうか。もういいぞ」

岡崎史恵は蓮見と貴和子に頭を下げると、割烹着の裾を目に当てながら食堂から出ていった。蓮見は残りの者たちを見回しながら言った。

「あんたたちも、昨晩何をしていたか話してもらいたい。貴和子夫人、失礼だがまずあなたからお願いします」

「わたくしは仏様を寝かせたサンルームで、通夜客の方々のお相手を七時からずっとしておりました。十時になって通夜客の方々がお帰りになったあとは、川宮さんご兄妹と一緒にサンルームにおりました。そういえば、十時半頃に、警部さんたちが顔を見せてくださいましたね」

「ああ、そうでしたな」

「そのあとは、今朝までずっと、川宮さんご兄妹と一緒にサンルームで通夜をしておりました」

蓮見が川宮兄妹に目を向けると、兄の圭介が言った。

「ええ、貴和子夫人のおっしゃるとおりです。今朝までずっと、文彦氏の亡骸を前にお通夜をしていました。席を外したのはせいぜいお手洗いに立つときぐらいで、三人ともあとはずっとサンルームにいましたよ」

妹の奈緒子もうなずく。口裏を合わせている可能性はまずないだろう、と蓮見は判断した。とすれば、この三人にはアリバイ成立だ。

続いて、池野刑事に、女中の三沢純子と運転手の安藤を連れてくるように命じた。

二人が連れてこられると、昨晩何をしていたかを尋ねた。

顎の角ばった女中はまくし立てるように早口で言った。

「十時前まで、通夜客にお料理や飲み物を出したり、汚れた食器を片付けたりするのでてんてこ舞いでしたよ。手伝いに町の娘たちを呼んだんですけどね、最近の若い娘ときたら口ばかり達者なくせにてんで役に立たなくて、いらいらしっぱなしでしたよ。十時半頃に警部さんたちをサンルームに案内したときに、奥様に『もうお休みなさい』とおっしゃっていただいたんで、自分の部屋に戻りました」

「安藤さん、あんたは？」

「昨晩は十時過ぎに休ませてもらいました。明日の葬儀に備えてゆっくりからだを休めておきなさいと奥様が言ってくださったんで」

美男子の運転手は物憂げに目を上げて答えた。その姿はまるで映画の一場面から抜け出したようで、蓮見は自分まで映画の中にいるかのような奇妙な錯覚に陥りそうになった。

「十時過ぎに休んだというと、そのあとは自分の部屋でずっと独りだったということかね？」

「ええ、そうです」

「わかった。行っていいぞ」

三沢純子と安藤は頭を下げて出ていった。

川宮圭介が言った。

「立花が殺されたのが、犯人の正体を知って恐喝したかららしいということはわかりましたが、そうすると次に問題になるのは、立花が犯人に接触したのはいつかということですね。立花は、一昨日の夜九時に犯人の正体を知ってから、昨日の午後十一時過ぎに死亡が確認されるまでのおよそ二十六時間のあいだに犯人に接触したことになります。立花がどこかで電話を借りたとは思えませんから、犯人に直接会ったことになります。この二十六時間の立花の動きを探れば、犯人にたどり着けるんじゃないでしょうか」

　蓮見はむっとした。

「そんなことぐらい、あんたに言われなくても先刻承知だ。昨日の午後四時過ぎ、私と部下が訪ねていったとき立花が自宅にいたのはわかっている。それ以外の時間帯の動向を調べる必要がある」

「僕と妹はずっと占部邸にいたんですが、立花は通夜に来ませんでしたね。文彦氏の戦友だったそうだから、通夜には来てもよさそうなものですが」

「私が立花を訊問したとき、通夜には町の名士連中が大勢集まるから遠慮しておくと立花は言っていたな」

　そこで蓮見は貴和子夫人に目を向けた。

「ところで、二十一日の夜、文彦氏の通夜は午後七時から始められたそうですな」

「ええ」

「そのあと何時まで？」

「集まりがお開きになったのは十時頃です」

「申し訳ありませんが、通夜客の名前や、その通夜客が通夜の席にどれぐらいいたか、だいたいで結構なので教えていただけませんか」

「ひょっとして、通夜客の中に犯人がいると考えているんですか」川宮奈緒子が言った。「だから、通夜の席にどれぐらいいたかを訊いて、アリバイ調べをしているんですか」

「そういうことだ。文彦氏は窓や鎧戸を下ろしていたが、それを開けたということは、文彦氏がそれだけ信頼していた相手だということだ。とすれば、通夜に参列するほど親しい人間だと考えられる」

わかりました、と貴和子夫人がうなずいた。

「まず、双竜町の町長さん。湖都（こと）銀行の頭取さん。占部製糸の藤田専務。女子寮の寮母の藤原依子さん……」

ほかにも、近隣の町や村の町長や村長、取引先の会社の社長や重役、占部製糸の重役たち、主だった社員や工員たちの名前が挙げられていく。池野刑事がそれを手帳に書き取っていった。

「ただ、午後七時から十時頃までお通夜の席にずっといらっしゃったかどうかはわかりません。大勢の方がいらっしゃいましたし、席を立ってもわたくしにはわからなかったと思います」

川宮圭介が言った。

「顔を変えた武彦氏が脅迫状通り、文彦氏のそばにいたとすれば、東京で整形外科医を殺した昨年の十二月十三日の翌日十四日以降にこの町に転入した可能性が高いと思います。役場で転入者の確認はされたんですか」

蓮見はまたしてもむっとした。

「あんたたちに言われるまでもなくするつもりだ。ただ、昨晩から今朝にかけては立花の死体の発見と消失に忙殺されてな、まだ役場で調べていない」

「調べたら、結果を僕たちにも教えていただけませんか」

「おい、ちょっと図々しすぎやしないか」

「警部さん、わたくしも知りたいのです。どうかお願いいたします」

貴和子夫人に柔らかな口調で言われて、蓮見は頭を掻いた。

「そうおっしゃるのでしたら、結果をお知らせしますが……。ただ、我々は、武彦氏犯人説はあくまでも可能性の一つに過ぎないと考えています。転入届を調べても何もわからないかもしれない」

4

占部文彦の葬儀は、午後二時から執り行われた。立花の死という思わぬ出来事があったものの、葬儀はすでに準備が整えられているため、予定どおり行われることになったのだった。場所は通夜と同様、占部邸のサンルーム。白木の祭壇の前に柩が安置されている。祭壇には白菊の花がいっぱいに飾られ、遺影が立てかけられていた。

参列者たちは床に敷かれた毛氈の上に正座した。柩の真正面には喪主の貴和子夫人が座っている。喪服の彼女は、はかなげな美しさを漂わせていた。ときどきハンカチを取り出しては涙を拭(ぬぐ)っている。その左右には、藤田修造を始めとして、占部製糸の重役たちが控えていた。

兄とわたしは最後列に座った。辺りを見回すと、少し離れたところに蓮見警部と池野刑事の姿を見つけた。そちらへ近づくと、蓮見警部は仏頂面(ぶっちょうづら)で迎えた。池野刑事はわたしたちを見て笑顔になりかけたが、上司の仏頂面を見て慌ててそれを真似(まね)る。

「立花の死体は見つかったんですか?」と兄が訊いた。

「まだだ。双竜町警察署のモーターボートだけじゃなく、漁師たちにも協力してもらっているんだが、見つからない」

「琵琶湖は広いですからね。犯人が死体を捨てる場所はいくらでもあったはずです」

「といっても、犯人が使ったのは立花の家のそばにあった小舟だ。それほど遠くまで捨てに行けたとは思えない」

「その小舟は見つかったんですか？」

「こちらもまだだ」

「立花は一昨日の夜九時、文彦氏の寝室を覗き込んだとき、犯人の正体を示すものを見つけたはずですが、立花の家からそれらしいものは見つかりましたか」

蓮見は忌々しそうに首を振った。

「なんでいちいちあんたの質問に答えなきゃならんのだ。あんたは私の上司か？もうあっちに行け」

兄とわたしはすごすごと引き下がった。

やがて、龍星寺の住職の読経が始まり、まず貴和子夫人が、続いて占部製糸の重役たちが焼香に立った。そのあとに、一般参列者の焼香が続く。兄とわたしも焼香に立ち、占部文彦に守れなかったことを詫び、冥福を祈った。

焼香が終わると、貴和子夫人が喪主として挨拶し、葬儀は幕を閉じた。最後は出棺だった。占部製糸の重役たちの手で、柩が祭壇から下ろされ、サンルームから廊下とホールを通って玄関へと運び出された。玄関のすぐ外では霊柩車が待機していた。柩を収納すると、霊柩車は静かに走り去った。双竜町の外れに火葬場があるのだという。安藤の運転するダイムラーが貴和子夫人と重役たちを乗せ、霊柩車のあとを追った。

サンルームでは、占部製糸の男性社員たちが葬儀の後片付けを始めた。祭壇を解体し、床に敷いていた毛氈を丸めていく。兄とわたしは手持ち無沙汰だったので、後片付けを手伝った。

貴和子夫人が安藤の車で屋敷に戻ってきたのは、午後六時前のことだった。骨壺を抱いた姿はますますはかなげに見えた。

その晩、貴和子夫人、兄、わたしの三人は、食堂で精進料理の夕食を取った。貴和子夫人は沈んだ様子で、ほとんど箸をつけなかったが、兄とわたしはこんなときだというのにぱくぱくと食べてしまった。

「明日から捜査に取りかかりたいと思います。文彦氏が部屋の窓を開けたことから考えて、武彦氏が化けている人物は、文彦氏が信頼していた相手です。しかも、昨年の十二月十四日以降にこの町にやってきた人物です。そうした人物に心当たりはありませんか？」

兄が尋ねたが、貴和子夫人は首をかしげた。

「残念ですけれど、心当たりがないのです」

「昨年の十二月十四日以降の転入者については警察が役場で調べてくれると思いますが、武彦氏が転入届を出しているとは限らない。僕たちは町を巡って、昨年の十二月十四日以降にこの町に来た住民について尋ねて回ろうと思います」

「よろしくお願いいたします」

やがて、貴和子夫人は食事の大半を残したまま席を立った。食器を下げに来た三沢純子に「ごめんなさいね」と謝る。

「奥様、大丈夫ですか？」三沢純子は心配そうだった。

「ええ、からだはどうもないのだけれど、食欲がなくて……」

「そりゃ無理もありませんよ」

三沢純子は、あんたたちがおかしいんだよ、というように兄とわたしをじろりと見た。

「まだ七時前だけれど、わたくしはもう休むことにします。純子ちゃん、あなたも今日は早く休むといいわ。史恵さんにもそう伝えてくださいな」

貴和子夫人はわたしたちに目を向けた。

「すみませんけれど、お先に失礼します。お代わりはまだありますから、どうぞごゆっくり」

そう言って微笑むと、食堂を出ていった。

兄とわたしも、もう一杯ご飯をいただいてから、自室に引き上げた。

六の奏　湖中の男

1

　そのあと三日間、わたしたちの捜査はまったく進まなかった。

　文彦が信頼しており、かつ去年の十二月十四日以降に双竜町に来た人物を、町中駆け巡って探したがいっこうに見つからない。

　占部邸に泊めてもらい、今の時代から見れば夢のような食事を朝昼晩と食べさせてもらっているが、何とも居心地悪かった。女中の三沢純子にはただ飯食らい扱いされているらしく、わたしたちの前に食器を置く手つきがいささか乱暴だ。

　わたしと兄は双竜町で聞き込みをするため、貴和子夫人に頼んで自転車を二台、用意してもらった。貴和子夫人は安藤の運転する車を使っていいと言ってくれたのだが、そんなことをされたら心苦しいし、窮屈でもある。そこで、自転車で走り回ることにしたのだ。

　双竜町は空襲を受けていない。東京の一面の焼け野原を見慣れた目に、ここの町並みはとても美しく映った。わたしたちは捜査をしているつもりだが、傍から見たら自転車で観光しているようにしか見えないかもしれない。

湖岸の近くを走っていると、ときおり、湖面を双竜町警察署のモーターボートが走っているのが見えた。立花の死体を探しているのだろう。

立花の家の近くで、一度、蓮見警部と池野刑事に出くわした。

「二十一日の立花の動きを探っているんですか？」

わたしが尋ねると、蓮見警部は「ああ」と仏頂面でうなずいた。

「立花が出かけていった様子も、立花を誰かが訪ねてきた様子も目撃されていない。この辺は立花の家以外に人家がないから目撃者が出てこない」

「警察は、去年の十二月十三日の整形外科医殺しについて警視庁に連絡は取ったんですか？」

「取った。こちらの刑事を一人、上京させることにしている。ただし、立花の死体が見つかってからだ。わざわざ上京させるなら、事件について確定した情報を得てからにしないとな」

「立花の死体はまだ見つからないんですか」

「毎日、双竜町警察署のモーターボートや漁師の舟が探しているが見つからない」

「役場で昨年の十二月十四日以降の転入者を調べた結果はどうでしたか」

「——まだ調べていない」

「まだなんですか」

「ああ。いろいろ忙しいんでな」

何だかおかしいと思った。

「警部さん、何か隠していませんか」

「隠してなどいない」

だが、そう言う声にかすかな狼狽が滲(にじ)んでいる。嘘をつくのが下手な人だ。蓮見警部は池野刑事をうながすと、警察自動車に乗って行ってしまった。

「何か隠しているよね、絶対」わたしは兄に言った。

「ああ、絶対何か隠している。ただ、何を隠しているのかがわからない……」

＊

二十六日には、わたしたちは手がかりを求めて、喫茶店〈マドモアゼル〉に顔を出した。

「あらあ、いらっしゃい」

「よう来てくれたね」

姉妹がカウンターの向こうで口々に言った。今日もエプロンを掛けている。

「あんたたち、貴和子奥様に呼ばれた探偵なんやて？　東京からわざわざ呼び寄せられるなんて、よっぽど腕利きなんやね。あんたたち只者(ただもの)やない思うてたわ」

「只者やない言うたのはあたしや。姉ちゃんは詐欺師やないか言うてたやないか」

「そんなことあらへん。あたしもちゃんと只者やない言うた」

兄は苦笑した。

「探偵なんて半分は詐欺師みたいなものですから、詐欺師で結構ですよ。それに、腕利きというわけでもありません。文彦氏を守ることができませんでしたから」

「そないに気を落としなさんな。で、やっぱり武彦さんが犯人なん？　小夜ちゃんの復讐？」

「その可能性が高いと思います」

「武彦さんは東京で整形手術を受けて別人に成りすましてこの町にいるんやってね」

「そこまでご存じなんですか」

「今、町はその話で持ち切りやで」

「文彦氏が最近、親しくしていた三十前後の人物に心当たりはありませんか。その人が武彦氏かもしれません」

「さあ、残念やけど知らんなあ。住む世界が違うさかい、文彦さんとも武彦さんとも言葉を交わしたこともあらへん」と姉。

「武彦さんは今どうしてはるんかなあ」と妹が言う。「今は町中が武彦さんを探してる状況や。整形手術で顔を変えていても、昨年の十二月十四日以降にこの町に来たいうことで目を付けられてしまう。きっと心細いんちゃうか」

「あんた、人を殺した武彦さんの味方なんか」

「人を殺したいうても、復讐なんやから同情の余地はあるやろ」

「どんな理由であれ人を殺したらあかん。文彦さんがかわいそうや」

文彦贔屓の姉と武彦贔屓の妹は睨み合った。まあまあ、と兄が割って入る。

「ところで、二番目の被害者の立花さんはご存じですか」

「ああ、知っとる」と姉。

「この店に何度か来たことがあるから覚えとる」と妹。

「どんな人でした?」

「髭面で、ぼそぼそ喋る人やったなあ」と姉。

「あんまり感じようなかったなあ」と妹。

「立花さんは町の人に嫌われていたんですか」

「まあ、そうやな。怪しげな闇物資を無茶苦茶高い値段で売りつけとったからな。

それに、うさんくさい連中と付き合うてたし」

「〈黒猫〉とかいう飲み屋の女将とかな」

「あそこの女将、うちらの店の名前を馬鹿にしたんやで。『〈マドモアゼル〉って何、まさか自分らのことやないやろな。鏡見てから店名変えたらええわ』とか言うて。許せんわ」

姉が過去のことを思い出したのか、怒り始める。

慌てて「ありがとうございました」と言うと、わたしたちは外に出た。

2

〈マドモアゼル〉を出て自転車で商店街を走り、駅前広場に差しかかったときだった。広場に面した双竜町警察署から、警察自動車が何台も走っていくのが見えた。「待って！」と声をかけたが、車は停まることもなく、あっという間に走り去った。

何か起きたようだ。兄とわたしは懸命に漕いであとを追った。道端で缶ぽっくりで遊んでいた子供たちが目を丸くしてわたしたちを見る。競走をしていると思われたのか、「姉ちゃん、がんばれ！」「兄ちゃん、負けるな！」と声援が飛んできた。

分かれ道に来るたび、近くの家の住人に「警察自動車はどっちに行きました？」

と尋ねた。わたしたちをうさんくさそうに見る住人に「文彦氏に雇われた私立探偵です」と告げると、喜んで教えてくれた。

そうしてわたしたちは漁港にたどり着いた。すっかり汗ばみ、荒い息をついていた。

警察自動車が何台も停まっている。水鳥の鳴き声が響く中、漁港の一角を刑事が取り巻き、さらにその周りを漁師たちが恐々と取り巻いている。何が起きたかは明らかだった。

刑事たちの中にいた蓮見警部がわたしたちに目を留めると、しかめっ面で近づいてきた。

「あんたたち、まだ探偵ごっこを続けてるのか」

「立花の死体が見つかったんですか」と兄。

「そうだ。今朝、䑨に引っ掛かっているのを漁師が見つけた。出川巡査が目撃したように、上半身をぐるぐる巻きにされていたが、ロープの端が千切れていて、結びつけていたと思われる重石はなくなっていた。重石で沈められていたのが、ロープが千切れたので遺棄場所から流れてきたんだろう」

「立花の死体なのは確かなんですか」

「損傷がひどいからまだ断言はできんが、十中八九、間違いない」

「見せてもらえますか」

「やめておけ。ひどい状態だ、民間人の見るものじゃない。うちの刑事も何人か吐いたくらいだ」

「ひどい遺体だったら、僕は南方でたくさん見てきました」

「あんた、出征していたのか」

「ええ、ビルマ戦線にいました」

そうか、と蓮見警部は同情の色を浮かべた。ビルマ戦線の惨状は彼も聞いているようだ。

「妹も、東京の空襲でたくさんの遺体を目にしています」

「……わかった。こっちに来い」

わたしたちは蓮見警部に連れられて、人々の輪の中に入っていった。その中心に一つの物体があった。

濡れそぼったセーターや長ズボンから覗く皮膚はふやけ、ぶよぶよになり、膨れ上がっている。顔面は水中の生物にかじられたのか、特に損傷がひどかった。皮膚はすべてなくなり、部分的に骨が見え、両目のあった場所にはぽっかりと空洞ができている。左胸にナイフが突き立っているのが見えた。鼻を衝く異臭が漂ってくる。吐き気がこみ上げてきたが、必死に耐えた。ちらりと兄を見ると、少し青ざめた顔で死体にじっと目を向けていた。その眼差しは、目の前の死体の向こうに何か別のものを見ているかのようだった。兄の目には、同じような死体が幾体も倒れていた戦地の光景が映っているのかもしれない。ふだんはのんきそうな兄のそんな様子にわたしは衝撃を受けた。

「確かに損傷がひどいですね」兄が呟いた。

「ヨコエビに顔をかじられたんだ」

「ヨコエビ？」

「小さな甲殻類だ。衣服に覆われていない水死体の顔面や頸部がよくかじられる」

「顔面がこのありさまなのに立花だと判断した根拠は何ですか」

「からだつきが立花に似ているし、灰色のセーターと焦茶色の長ズボンという服装も、私が二十一日の午後四時過ぎに立花を訊問したときと同じだ。それに、左胸にナイフが突き立っている点、ロープで上半身をぐるぐる巻きにされている点は、二十一日の夜十一時過ぎに出川巡査が見たのと同じ。指紋や血液型の確認をする必要はあるが、立花の死体である可能性が極めて高い」

「このあと、司法解剖を？」

「ああ。文彦氏の司法解剖を担当した警察医にやってもらうつもりだ。警察医だけ大津に帰したんで、また呼び寄せることになるがな。はるばるこの町まで呼び戻されて激怒するかもしれんが、ほかの人間には任せたくない」

　これで満足しただろう、捜査現場は素人お断りなんだ、と言われて、わたしと兄は追い払われた。わたしたちは自転車を押しながら、湖中から引き揚げられた死体について検討することにした。

「兄さんはあの死体が本当に立花のものだと思う？」

「蓮見警部が挙げたいくつもの点から考えて、今のところは立花の死体である可能性が高いと思うね」

「でも、死体の顔は人相がわからないほど損傷していたのよ。別人の死体であってもおかしくないじゃない」

「別人の可能性があることと、実際に別人であることは違う。別人であることを積極的に示す証拠がない限りは、立花の死体だと考えておくのが妥当だろう」

　わたしが不満そうな顔をしていたのか、兄は笑った。

「奈緒子はあの死体が立花のものじゃないと思ってるのか？」

「立花と似たからだつきの人に同じような服を着せてから殺害したのかもしれない」

「何のために？」

「え？」

「何のためにそんなことをしたんだ？」

わたしは言葉に詰まった。目的までは考えていなかったのだ。

「たとえば、立花が文彦氏殺しで警察に追われていて、追及を逃れるために自分が死んだと見せかけようとしたというのだったら、別人の死体を立花に見せかけたというのは理解できないでもない。でも、文彦氏が殺された時刻に立花にしっかりしたアリバイがあることは、蓮見警部が確認している。立花は警察に追われているわけじゃない。自分の死を偽装する理由がない」

「……そうね」

「そもそも、立花が死んでいることは、出川巡査が確認している。触れたら冷たかったそうだし、脈拍もなかったと蓮見警部から聞いたよ」

「冷たかったのは、前もって冷やしておけばいいじゃない。脇の下にボールを挟んで締めつければ、少しのあいだ脈を止めることもできる」

「確かに、そうした工作は可能ではある。だけど、さっきも言ったけど、立花が、自分が死んだと見せかけようとする理由がわからない。そう考えると、あの死体は立花のものだと見なしていいだろう」

「やっぱりそうなのかな……」

わたしにしたところで、死体別人説を積極的に唱えたいわけではない。顔の人相がわからないほどひどい状態だったので、ひょっとしたらと思っただけだ。あの死体が立花のものだということに異存はなかった。

「で、このあとどうするの？」とわたしは尋ねた。

「今のところ手詰まりだな。立花の死体の司法解剖の結果を待つしかない」

3

翌二十七日の昼前、蓮見警部、池野刑事、双竜町警察署の加山刑事の三人が占部邸を訪れた。貴和子夫人が双竜町警察署に電話して、立花の事件の捜査状況について話してくれるよう頼んだのだ。兄とわたしが貴和子夫人にそうしてくれるようお願いしたのだった。

応接間に通された蓮見警部は、わたしたちがいるのを見て「あんたたちもいるのか」と顔をしかめたが、貴和子夫人が三沢純子に運ばせた香り高いコーヒーに少し頬を緩めた。

貴和子夫人が言った。

「からだつき、服装、胸に刺さったナイフ、上半身に巻かれたロープから、あの死体は立花さんのものだと警察は考えていると川宮さんからうかがいました。指紋や血液型も確認する予定だとうかがいましたが、そちらの結果はどうだったのでしょうか」

「死体の指は損傷している部分もありましたが、無事だった指の指紋を立花の家から多数採取された指紋と比較した結果、同一であることが確認されました。また、今年の九月に双竜町で献血運動をしたときに緒方病院で採血した立花の血液型はB型でしたが、死体もB型でした。これらの点も、あの死体が立花のものであることを裏付けます」

血液型は同じ型の人間が大勢いるから、同一人物だと断定する根拠としては弱いが、指紋が一致したというのは大きい。だが、指紋の一致にも抜け道があることにわたしは気がついた。

「立花の家から多数採取された指紋と比較したということですけど、立花があらかじめ別人を家に呼んで、適当な口実で家のあちこちに指紋をつけさせておいたらどうですか？　そうしたら、別人の死体を立花だと誤認させせられるでしょう」

蓮見警部はうんざりした顔になった。

「そんなことをさせられたらどんな人間だっておかしいと思うはずだ。おとなしくはいはいと従うはずがないだろう」

確かにその通りだ。だが、もう一点、確認しておきたいことがある。

「二十一日の午後十一時過ぎ、出川巡査が立花の死体を目撃し、触れましたけど、それは本当に死体だったんでしょうか。あるいは、死体だったとしても、本当に立花のものだったんでしょうか」

「出川巡査は立花の脈を取って死亡を確認しているし、肌の冷たさは生きている人間のものではなかった。そして、出川巡査はこの町の全員の顔を記憶しているから、別人の死体を立花と見間違えるはずがない。立花が死んでいることも、死んだのが立花であることも間違いない」

出川巡査が目撃し触れたのが立花の死体であること、琵琶湖から引き揚げられたのが立花の死体であることは間違いないようだった。

「立花さんを殺めたのは、文彦さんを殺めたのと同じ犯人なのでしょうか」と貴和子夫人が尋ねる。

「立花の死体の胸に刺さっていたのは、文彦氏殺害に使われたナイフと同じ種類のものでした。だから、同じ犯人であることは間違いない。犯人は同じ種類のナイフを何本も用意していたんでしょう」

「立花さんが亡くなったのはいつ頃なのでしょうか」

「警察医によると、二十一日の午後十時頃から二十二日の午後十時頃までの二十四時間のあいだだそうです。数日間、水に浸かっていたのでそれ以上狭めることができないらしい。もっとも、出川巡査が二十一日の午後十一時過ぎに立花の死体を確認しているので、実際にはその日の午後十時頃から十一時過ぎに絞られます」

通夜客が解散し、貴和子夫人とわたしと兄が三人で通夜をしていた時間帯だ。

「警部さん、もう一つうかがってよろしいでしょうか。役場で昨年の十二月十四日以降の転入者について調べてくださった結果はいかがでしたか」

貴和子夫人が言う。わたしもうなずいた。

「そうそう、忙しいから調べていないって言っていましたけど、あれから何日も経っていますよね」

蓮見警部は見るからにぎくりとした。池野刑事や加山刑事と目を見交わし、やがて覚悟を決めたように口を開く。

「我々は町役場で、昨年の十二月十四日以降にこの町に転入した人物の名前を調べ上げました。それに該当するのは十七名いましたが、そのうち八名は女、四名は児童、三名は身長百六十センチ以下の男、一名は身長百七十五センチを超えるノッポの男でした。武彦氏の候補となりうる転入者は一人だけでした」

「どなたでしょうか？」貴和子夫人が訊く。

「安藤敏郎さんです」

「え？」

貴和子夫人は一瞬、何を言われたのか理解できないようだった。それからその顔が見る見るうちに青ざめていった。

「こちらの運転手の安藤敏郎さんです」

わたしも兄もこれには驚いた。

「安藤さんは今年の三月にこちらのお屋敷に雇われたそうですな。つまり、昨年の十二月十四日以降だ。安藤さんは身長百六十センチ台半ばで、武彦と同じからだつきです。また、年齢も三十前後で、やはり武彦と同じです。緒方病院の院長は九月に文彦氏の音頭で町ぐるみの献血運動が行われたと言っていた。ひょっとして、安藤さんも献血に応じたかもしれないと思って院長に献血者名簿を調べてもらったら、そのとおりだった。名簿によれば、安藤さんはAB型です。この点でも安藤さんは武彦である条件を満たしている」

「いつの間にそこまで調べていたんですか」と兄が言う。

「あんたたちが自転車に乗って探偵ごっこをしているあいだだよ」

わたしは、立花の家の近くで蓮見警部に会ったとき、何か隠している様子だったのを思い出した。安藤を疑っていることを隠していたのだ。

貴和子夫人はほっそりとした眉をひそめた。

「安藤が武彦さんですって？　そんなはずございません。武彦さんが去年の一月にこの屋敷に来てから十二月に出ていくまで、一年近くのあいだわたくしは一緒に過ごしたのですよ。いくら整形手術をしたといっても、雰囲気でわかります。安藤は絶対に武彦さんではありませんよ」

「武彦氏は役場に転入届を出さずにこの町に住み着いているのかもしれませんよ」

と兄。

「それはない。町の住人に聞き込みをしてみたが、昨年の十二月十四日以降、役場に転入届を出さずにこの町に住み着いている人間は一人もいないことがわかっている」

わたしと兄が自転車で走り回っているあいだに、警察はそこまで調べていたのか。

「でも、警部さん、立花さんが事件当日の夜九時に文彦さんの部屋を覗き込んで見つけた重大な証拠とは何だったのですか？　安藤が犯人であることを示すようなものとは何だったのですか？」

「それは、いろいろ考えられます。たとえば、運転手用の手袋。安藤さんは文彦氏を殺すときにそれをはめていたが、うっかり現場に落としたのかもしれない。立花はその一時間後に現場を覗き込んで手袋を見つけ、犯人が誰かを悟った」

「でも、事件のあとも、安藤は手袋をしておりました」

「運転手用の手袋は何組もあるはずです。一組ぐらいなくしたところでばれる恐れはない。それに、手袋と言ったのは一例にすぎません。安藤さんを犯人だと見なす根拠はまだある。文彦氏は武彦を警戒して、自室の窓と鎧戸に鍵をかけていた。ところが、文彦氏はその後、鍵を開けて窓から犯人を招き入れている。つまり、犯人は文彦氏が信頼していた人物だということです。安藤さんなら使用人なのだから、文彦氏が信頼するのも当然でしょう」

「安藤は、文彦さんが殺された午後八時頃には、婦人会の会場となった小学校の外に自動車を停めて、わたくしを待ってくれていたのですよ。安藤には文彦さんを殺すことはできなかったはずです」

「いいですか、安藤さんがはたして午後八時頃に本当に自動車の中にいたかどうかはわからんのです。こっそりと自動車を離れて徒歩でこちらのお屋敷に戻り、文彦氏を殺害してまた徒歩で自動車に戻ったのかもしれない。夜ならば、車中に人がいるかどうかなど外からはわからないから、不在を気づかれる心配はまずなかったはずです。

それに、立花殺しのあった二十一日の夜も、安藤さんは十時過ぎに休んだという。ここから立花の家まで、自転車に乗れば十分程度で行けます。立花の死体を出川巡査が発見したのは十一時過ぎ。安藤さんには充分犯行が可能だった」

「指紋を調べれば、安藤が武彦さんでないことはすぐわかるでしょう」

貴和子夫人はそう言ってから、それができないことに気づいたようだった。蓮見警部が首を振る。

「それは無理です。武彦はこのお屋敷を出る直前に、持ち物を処分し、部屋を自分で徹底的に掃除していったそうですな。事実、双竜町警察署が調べたところ、武彦の部屋からは指紋が徹底的に消されていた。指紋から安藤さんが武彦でないことを証明することはできません」

貴和子夫人は唇をかみしめて黙り込んだ。

「どういう経緯で安藤さんを雇ったのですか？」

「それまでいた運転手が年を取って引退したいというので、新聞に新しい運転手を募集する広告を出したのです。三十人を超える応募者がいたのですが、そのうちの一人が安藤でした。自動車の運転がとてもうまくて、真面目（まじめ）でおとなしいので、すぐに雇うことを決めました。今年の三月のことでした」

「安藤さんはそれまで何をしていたと言っていましたか？」

「満洲の新京（しんきょう）で、実業家の運転手をしていたとか。今年の二月に日本に引き揚げてきたそうです」

「満洲ですか。はっきり言って調べようがない。いくらでも嘘をつくことができる。そういえば、武彦は陸軍に取られて中国の戦線に送られていたそうですな。一方、安藤さんは満洲帰りだという。どちらも中国にいたという点で経歴が似通っています。安藤さんが武彦ならば、経歴をでっち上げるとき、中国の戦線にいたという記憶が影響を与えたのかもしれない」

「安藤をここに呼んで、武彦さんではないことを明かさせます。よろしいでしょう？」

「そうしてもらいましょう。池野、安藤を呼んでこい。車庫にいるのをクレさんに押さえさせてある」

クレさんというのは部下の一人なのだろう。わたしは蓮見警部の手回しのよさに驚いた。

安藤はすぐに、池野刑事と年配の老練そうな刑事に連れられてやってきた。端整な顔に困惑したような表情を浮かべている。

貴和子夫人が無理に微笑もうとしながら安藤に話しかけた。

「刑事さんがあなたにおかしな疑いを抱いているようなのです。もちろんわたくしはそれが事実ではないとわかっているけれど、疑いを晴らすために刑事さんの質問に正直に答えてほしいの」

「刑事さんは俺にどんな疑いを抱いているんでしょうか」

「あなたが武彦さんではないかと疑っているのですよ」

「……社長の弟さんですか」

「ええ。刑事さんは、武彦さんが顔を変えてあなたという別人になって戻ってきたのではないかと疑っているのです」

安藤は驚くより呆れたようだった。

「……どこからそんな疑いが出てくるんですか」

蓮見警部が言った。

「武彦が顔を変えたのは、別人になって兄に近づくためだ。つまり、武彦はこの町で別人として暮らしていると考えられる。武彦は去年の十二月十三日に整形手術を受けたから、この町に来たのは十四日以降だ。十二月十四日以降の転入者で、身体的条件から武彦に当てはまるのは、安藤さん、あんただけだ」

「武彦さんが律儀に転入届を出したとは限らないでしょう」

「我々は、双竜町警察署の協力を得て、十二月十四日以降にこの町に引っ越してきたすべての人間を把握した。彼らは全員、転入届を出していた。転入届を出さずにこの町に暮らしている人間はいなかった」

安藤は黙り込んだ。

「安藤、あなた、武彦さんじゃないでしょう？」貴和子夫人がすがるように言う。

「もちろん違いますよ」運転手は微笑んで答えた。

「ここに来たのは三月ということだったな。それまではどこにいた？」と蓮見警部。

「大阪の都島区にいました」

「その前は？」

「舞鶴です。俺は満洲の新京で実業家の運転手をしていたんです。敗戦後、国民党軍に抑留されたんですが、今年の二月に解放されて引き揚げ船で舞鶴に戻ってきた。仕事を探しに大阪に来たら、新聞で運転手募集の広告を目にして、こちらに応募したんです」

「今年の二月まで抑留されていたことを証明してくれる人はいるか」

「……いません。抑留で一緒だった人は、引き揚げの途中でばらばらに分かれてしまいましたし」

「捜査本部へ同行してもらおうか。詳しいことはそちらで訊く」

安藤は蓮見警部をじっと見つめていたが、やがて静かにうなずいた。

「――わかりました。同行しましょう」

「安藤……！」

貴和子夫人が悲鳴を上げる。運転手は女主人を見ると、いたわるように言った。

「奥様、心配なさらないでください。俺は無実です。無実なら警察も必ずわかってくれるはずだ。すぐに戻りますよ」

「本当に無実ならば、の話だがな」

蓮見警部は貴和子夫人を気の毒そうに見た。

「黙ったまま捜査を進めて申し訳ありません。しかし、安藤さんに逃げられるのを防ぐためには、あなたに捜査の進展を明かすわけにはいかなかったのです。――それでは、失礼しますよ」

貴和子夫人は茫然として返事もできないようだった。蓮見警部と池野刑事は、安藤の両腕を抱えるようにして警察自動車へと歩いていった。加山刑事と年配の刑事があとに続く。

わたしは頭が混乱していた。まさか、安藤敏郎が武彦だったのだろうか？　弟を警戒していた占部文彦が自室の窓を開けて犯人を招き入れた以上、犯人は文彦に信頼されていた人物だ。占部家の運転手という立場の安藤は、確かにそれに当てはまる。これまではまったく注意を払ってこなかったが、彼が犯人だったのだろうか？

兄を見ると、のんきそうな顔をかすかにしかめ、じっと考え込んでいた。

4

その日の午後四時過ぎ、わたしと兄は貴和子夫人に伴って双竜町警察署を訪れた。

蓮見警部に面会を求め、安藤の様子を訊く。

「自分は文彦氏も立花も殺してはいない、自分は武彦氏ではない、それしか言わない。あとは黙秘しています」

貴和子夫人はすがるように言った。

「安藤がやったという確かな証拠があるのですか？　安藤の指紋が凶器についていましたか？　事件現場から安藤の指紋が見つかりでもしましたか？」

「文彦氏の部屋からも立花の家からも安藤さんの指紋は見つかりませんでした。しかし、昼前にお伝えしたように、去年の十二月十四日以降、双竜町への転入者の中で、性別、身長、年齢の点で武彦氏でありうるのは安藤さんだけなのです。それに、去年の十二月十四日以降、双竜町で暮らしている人間の中で、転入届を出していない人物がいないことも、町での聞き込みから確かめられている」

「顔を変えた武彦さんが犯人という説が間違っていたのかもしれません。文彦さんは別の理由で殺されたのかもしれません」

「失礼ですが、顔を変えた武彦氏が犯人という説は、あなたが出されたのではありませんでしたか。確かに、安藤さんを犯人とする直接的な証拠はありません。ですから、採取した安藤さんの指紋を部下に持たせて、今晩、東京に発たせるつもりです。警視庁では昨年の整形外科医殺しの際に現場で採取した指紋を保管しているそうですから、それと安藤さんの指紋を比較してもらいます。整形外科医殺しの詳しい情報も部下に入手させるつもりです」

「今晩？　今晩の何時の列車ですか？」

「双竜駅を十八時十三分に出る列車です。米原まで行き、そこから二十一時発の急行で東京に向かいます。明日朝東京に着いたら、その足で警視庁に向かわせます」

貴和子夫人はわたしたちを見た。

「申し訳ありませんが、あなたたちも刑事さんと一緒に上京していただけませんか。安藤の指紋が東京の事件現場の指紋と一致するかどうか、あなたたちにも確認していただきたいのです。一致したかどうか、すぐに電報で知らせてください」

蓮見警部がため息をついた。

「困りますな。捜査の邪魔をしないでいただきたい」

「邪魔するつもりはありません。単に一緒に上京するだけです。川宮さん、頼まれてくださいますか？」

もちろんです、と兄が言い、わたしもうなずいた。

「でも、今から急行の切符が取れますか？」

「米原駅の駅長は亡くなった夫と親しい方です。わたくしが頼めば手配してくださると思います」

七の奏　復興の街

1

その日の午後六時過ぎ、わたしと兄が双竜駅のプラットフォームに立つと、そこにはすでに池野刑事がいた。安藤の指紋を持って上京する大役は彼が果たすことになったらしい。わたしたちを目にした池野刑事が、鞄を持つ手に力を込めるのがわかった。そこに安藤の指紋が入っていて、わたしたちに奪われるのではないかと恐れているのだろう。

「こんばんは」と兄がにこやかに声をかける。池野刑事は疑わしそうにこちらを見ると、「こんばんは」と小声で言った。三十手前で、目元の涼しいなかなかの好男子だが、あまり度胸はなさそうだ。

列車が来ると、池野刑事はわたしたちとは離れた席に座った。米原には十八時五十分に着いた。駅構内で弁当を買って食べ、二十一時発東京行の急行に乗り込む。貴和子夫人が切符を手配してくれたので、わたしと兄は二等車だったが、池野刑事は気の毒に三等車だった。滋賀県警察部の予算は限られているので、出張は常に三等車らしい。

戦後、蒸気機関車の燃料である石炭が戦争中以上に不足し、そのせいで今年の初めには急行が全廃されるという出来事もあったそうだ。その後復活したが、それでも多くの急行や特別急行が走っていた戦前にはほど遠い。米原から東京へ向かう急行も、現在、一日に三本しかないという。そのせいか、三等車はもちろん二等車もかなり混んでいた。

急行が東京駅に着いたのは、翌朝六時四十分。九日ぶりの東京駅は、時間が早いのでまだそれほど人はいないが、それでも勤め人、背中に大きな荷物を背負った買出し客、復員軍人、浮浪者など、さまざまな人々が駅構内にたむろしている。

東京駅は一昨年の五月二十五日夜半の空襲で焼夷弾を受け、駅舎の三階部分や屋根、一部のプラットフォームなどが焼けてしまった。雨の日、東京駅で降りたことがあるが、プラットフォームに出たとたん、傘を差さなければならなかった。それも今は修復されている。しかし三階部分を戻すことはできなかったらしく、駅舎は二階建てとなり、特徴的なドーム屋根も八角形の屋根に変えられている。

まだ七時前だから警視庁に行っても事件の担当者は出勤していないはずだが、池野刑事はわたしたちに安藤の指紋を取られるのを恐れるように、足早に丸の内中央口を出た。まっすぐ前方に延びる幅の広い行幸通りと、その先に見える皇居に驚いたように立ち止まるが、わたしたちが近づいてくるのに気づいたのか、急いで歩き始めた。わたしたちもそのあとを追う。

奇妙な三人連れは、行幸通りを進み、お濠の前で左折して日比谷通りに入った。ちなみに、進駐軍によって、行幸通りはAvenue X、日比谷通りはAvenue Aと名前を変えられている。

右手にお濠を、左手に極東空軍司令部が入る明治生命館やアメリカンクラブが入る東京會舘などを見つつ進み、やがてGHQ本部が入る第一生命館前の交差点に差しかかる。今の日本の最高権力者であるマッカーサー元帥が、毎日ここで執務を行っているのだ。進駐軍の兵士たちが銃を持って警備しているのが見える。

池野刑事が第一生命館の威容を茫然と見上げている隙に、わたしと兄は彼を追い抜いて交差点を右折した。それに気づいた池野刑事が猛然と追い上げてくる。張り合うつもりか。わたしは負けじと速度を上げた。右手にお濠を、左手に日比谷公園を見つつ、池野刑事とわたしは競歩さながらの早足で歩き続けた。駆け出したら負けだという意識がなぜか働いて、二人とも走りはしない。兄は呆れたのか、後ろの方をゆっくりと歩いている。

お濠に沿って進むと、ところどころ焼け跡が広がる中、円筒形の塔を載せた五階建ての堂々たる建物が左手に見えてきた。昭和十四年まで父が捜査第一課に奉職していた警視庁だ。

二人の制服警察官が両脇に立つ巨大な正門玄関を抜けて中に入る。わたしと池野刑事は同着だった。息を切らした池野刑事が受付で来意を告げると、担当者はまだ出勤していないということで、小さな応接室に案内された。わたしと兄も滋賀県警察部の一員であるような顔をしてあとに続く。警視庁では昨年から婦人警察官を採用するようになったそうだから、滋賀県警察部にも婦人警察官がいたっておかしくないだろう。池野刑事はじろりとこちらを見たが、何も言わなかった。なかなかいい男だ。

「すみません、お待たせしました」

八時前になって応接室のドアが開き、四十代後半の男が入ってきた。警視庁捜査第一課の刑事だ。柔和な顔立ちだが目つきが鋭い。その顔を見てあっと思った。相手もわたしたちに気がついて、「圭介さん、奈緒子さん、久しぶりですね」と顔をほころばせた。

「お久しぶりです」兄とわたしは頭を下げた。

一昨年の五月二十四日の空襲で父が行方不明になったあと、わたしは父がひょっこり現れるのではないかとはかない望みを抱いていたが、どれほど待っても父が帰ってくることはなかった。兄が去年の四月に復員してきたのを機に、わたしたちは五月に父の葬儀を行うことにした。父の警察官時代の知り合いの連絡先がわからないので、警視庁を訪れて葬儀の日取りを告げたところ、葬儀には父のかつての上司や同僚や部下たちが何十人も出席してくれた。その一人がこの後藤警部補で、父の下で働いていたという。そういえば、兄やわたしが小さい頃、何度かうちに遊びに来てくれた記憶もある。

「お父様のあとを継いで私立探偵をされているそうだが、順調ですか？」

「ええ、まあ。実は、僕たちは滋賀県双竜町の事件の被害者に雇われていたんです」

「被害者に雇われていた私立探偵というのはあなたたちだったんですか。東京から遠く滋賀県まで呼び出されるのだから、立派なものだ」

「整形外科医殺しを担当しているのは後藤警部補だったんですね。奇遇です」

兄と後藤警部補が親しく言葉を交わすのに、傍らの池野刑事が目を丸くした。

「警視庁に知り合いがいたんですか」とわたしに囁くので、「昔、父の部下だった方です」と答える。

「お父上は警察官だったんですか⁉」

「ええ。捜査第一課にいました」

「川宮警部はとても優秀な方でした」後藤警部補が口を挟んだ。「特高が幅を利かせるようになったのを嫌って、昭和十四年に退職されましたが」

「そうだったんですか……」

池野刑事がわたしと兄を見る目に親しみがこもった。それから慌てて後藤警部補に自己紹介した。後藤警部補もにこやかに自己紹介する。

「それでは、情報交換といきましょうか。電話でうかがった話では、昨年十二月の整形外科医殺しの容疑者が、兄であるそちらの事件の被害者に脅迫状を送りつけ、殺害した可能性が高いということでしたね。しかも、犯行の目撃者も殺害しているとか」

「はい」

「じゃあ、まずはこちらの整形外科医殺しから話しましょう」

死体が発見されたのは、昨年の十二月十三日の午後六時のことだった。近所の主婦が夕食を届けに増尾外科医院を訪ねて、待合室の床に倒れている死体を発見したのだ。被害者は院長の増尾周作、五十六歳。院長といっても、医師は彼一人だった。死亡推定時刻はその日の午後五時頃。ウイスキーの瓶で頭部を殴られたあと、ロープで首を絞められていた。瓶にもロープにも指紋は残っていなかった。

近所の主婦の話では、十日ほど前から、患者が一人入院していたようだという。

その患者はかなりの大金を払ったらしく、その頃から増尾の金回りが急によくなっていた。カルテを調べてみると、該当者が一人いた。占部武彦という男が、十二月三日に顔の整形手術のため入院していたのだ。病室には患者が数日のあいだ暮らしていた痕跡もあった。

占部武彦という患者が姿を消しているところから考えて、捜査班は彼を犯人だと断定した。だが、問題が一つあった。武彦は整形手術をして顔を変えていたのだ。しかも、カルテには手術前の写真と手術後の写真を貼るようになっているのだが、手術後の写真が剝ぎ取られていた。武彦がどんな顔になったのかはわからないということだった。カルテには住所が記されていたが、調べたところそれはでたらめなものだった。

近所の聞き込みをしたが、誰も武彦の姿をはっきりとは見ていなかった。三十前後の若い男らしい姿を、病室の窓越しに何度か目にしたが、顔に包帯が巻かれていて、どんな顔なのかわからなかったという。武彦がいた病室からは指紋が完全に拭い去られていた。午後五時の犯行後、六時に主婦が来るまでに病室から指紋を完全に拭い去ることは難しいから、犯行以前から指紋を極力つけないようにし、ついてもすぐに消すようにしていたのだろう。

「その医院には看護婦はいないんですか」と池野刑事。

「あいにくいませんでした。被害者の妻が看護婦をしていたんだが、酒浸りの夫に愛想を尽かして逃げてしまったらしい。医者として将来を嘱望されていた被害者が身を持ち崩したのは、ひとえに酒のためだったそうです」

「武彦のカルテはどこに保管されていたんですか」

「事務室のキャビネットの中です。そこに、年毎に、日付の古い方から順に保管されていた。武彦のカルテはキャビネットの中でいちばん新しい日付だった」

「カルテを見せていただくことはできませんか？」

「いいですよ。ちょっと待っていてください」

後藤警部補は席を外すと、一枚の紙を手にして戻ってきた。

「これがそうです」

池野刑事と兄とわたしは武彦のカルテを覗き込んだ。

一番上には、名前、生年月日、性別、血液型、住所を書く欄があった。名前は占部武彦。生年月日は大正六年七月八日。性別は男。血液型はAB型。住所は淀橋区東大久保四丁目二番地二。この住所がでたらめだったのだ。

その下には入院日と退院日を記す欄があり、それぞれ算用数字で昭和21年12月3日、昭和21年12月13日と記されていた。その下は所見欄で、ドイツ語らしい文字がいくつも記されている。酒浸りの男だったそうだが、それに見合わない几帳面な字だ。所見欄の右横には、手術前と手術後の写真を貼る欄があった。

「増尾は医院に暗室まで設けて、患者の手術前と手術後の写真を現像していた。といっても、戦争の少し前から流行り出したロールフィルム式のものじゃなく、昔ながらの乾板を使うカメラですがね。増尾は若い頃ドイツに留学して、そこで趣味としてカメラを嗜むようになったそうです。その頃慣れ親しんだ乾板式のカメラを愛好して、新しいロールフィルム式には見向きもしなかったらしい。もっとも、ロールフィルム式のものだとフィルムを使い切るまで現像ができないから、カルテ用の写真を撮るのにはかえって不便だという事情があったのかもしれない」

手術前の写真には、すでに見慣れた占部武彦の顔が写っていた。一重瞼、獅子鼻、尖った顎が特徴的な、なかなかの好男子だ。だが、手術後の写真を貼る欄は空白だった。カルテの紙がそこだけ毛羽立っている。貼られていた写真が無理やり剝がされたのだ。

「武彦は自分の手術後の顔を知られないために、手術後の写真を剝がしていったんですよ」

「乾板は残っていなかったんですか」と兄。

「ええ。乾板は暗室に保管されていたんだが、武彦は自分の写真の乾板だけ持ち去ったんです。実に周到な男ですよ。われわれは当初、武彦が整形手術を受けたとしても大したことはないと思っていた。整形手術で顔をがらりと変えることなどできはしない、そう考えていたんです。だが、増尾の医大時代の同窓生たちに話を聞いているうちに、その考えは甘かったことがわかった。増尾はドイツ留学時代、整形外科の第一人者だったロートシュヴォルトとかいう博士に学んだという。増尾の手術の腕は、博士が目を見張るほどのものだったようです。増尾の同窓生たちは、誰もが口をそろえてこう言いましたよ――あいつがその気になれば、元の顔とは似ても似つかぬ顔を作り出すことができる、と……」

「増尾はそんなに優れた腕の持ち主だったんですか」

「そのようです。占部武彦という男がどんな顔になったのかわからない、そもそもどこの誰だったのかもわからない……五里霧中の状態だったんだが、二か月ほど前にようやく進展がありました。武彦の身元を突き止めることができたんですよ」

「どうやって突き止めたんですか」

「武彦の友人だという男が警視庁を訪ねてきたんです。黒木和雄(くろきかずお)という名前で、つい最近復員してきて、古い新聞を読んで武彦の起こした事件を知ったのだという。黒木に聞いて初めて、われわれは武彦の身元を知った。だが、身元がわかっても何にもなりませんでした。武彦の家族や友人知人は、一昨年の三月十日の空襲でほぼ死に絶えていたからです。黒木の話では、武彦には文彦という名の双子の兄がいるんだが、その兄も陸軍に取られたという。復員庁に問い合わせてみると、文彦は一昨年の十一月初めにミンダナオ島から博多に上陸し、しばらく復員施設で過ごしたことがわかった。だが、そこを出たあとの足取りは復員庁にもわからなかった」

池野刑事が言った。

「文彦氏は新聞の尋ね人欄で、滋賀県双竜町の占部家が文彦氏と武彦の所在を探していることを知り、東京に戻る途中で占部家を訪れたんです。そこで伯父に歓迎された文彦氏は、弟を伴って戻ることを約束して、東京へ復員した。そして翌年一月、文彦氏と武彦は双竜町へ移り住み、占部家の後継者となりました」

「電話でうかがったが、文彦氏は占部製糸の社長に、武彦は専務の座に就いたそうですね」

「ええ。しかし、双竜町で中傷の手紙がばらまかれるという事件をきっかけにして二人は不和になりました。中傷されたのは占部製糸のある女子工員で、ついに自殺してしまったのですが、彼女は武彦の恋人だったんです。武彦は、横恋慕した文彦氏が中傷の手紙をばらまいたのだと信じ、兄と大喧嘩をした末に、去年の十二月一日に双竜町を飛び出し、行方をくらませた。町の人間はもちろん占部家の者も、武彦がどこに行ったのかわからなかったのですが……」

「武彦は上京して、整形手術をして顔を変えたというわけですね。双竜町の事件の方を詳しく聞かせてもらえますか」

池野刑事、兄、わたしの三人は、武彦の脅迫状から始まる一連の事件を互いに補いながら語った。

「なるほど、武彦が整形手術で顔を変えたのは、別人に成りすまして兄に近づくためだったんですね。で、今回、武彦ではないかと思われる容疑者が見つかったと」

「はい、文彦氏の運転手だった人物です」

「運転手ですか」

「その指紋を持ってきました。増尾殺しの現場で見つかった指紋と比較していただきたいのですが」

池野刑事は鞄から封筒を取り出した。

「この中に、運転手の指紋を写したゼラチン紙が入っています」

「鑑識に比較してもらいますよ」

後藤警部補は封筒を受け取って応接室を出ていったが、すぐに戻ってきた。

「二十分ほど待っていただけますか」

しばらく世間話をしていると、やがて白衣を着た男が現れた。鑑識課員だろう。

白衣の男は後藤警部補に言った。

「あの指紋は、増尾殺しの現場に残っていたどの指紋とも一致しませんでした」

「そうか、ありがとう」

白衣の男は一礼して応接室を出ていった。

安藤が武彦だと断定されることはこれで避けられた。だが、安藤が武彦でないと断定することもできない。増尾を殺害した武彦は、凶器の酒瓶やロープからも、自分がいた病室からも、指紋を拭い去っていた。とすれば、増尾殺しの現場に残っていた指紋の中には、そもそも武彦のものは含まれていない可能性が高い。それらの指紋と一致しなかったからといって、安藤が武彦でないと断定することはできないのだ。

2

後藤警部補はわたしたちに朝ご飯を済ませたか尋ね、まだだと聞くと、警視庁の食堂で食べるよう手配してくれた。それからわたしたちは郵便局へ行き、わたしと兄は占部邸に、池野刑事は双竜町警察署に、指紋の比較結果を電報で知らせた。

安藤の指紋を無事、後藤警部補に渡したこと、わたしと兄の父が元捜査第一課刑事だと知ったことで、池野刑事のわたしたちへの警戒心は薄らいだようだった。わたし、兄、池野刑事の三人で連れ立って、後藤警部補に教えてもらった黒木和雄の住所へ向かうことにした。

東京駅から省線電車の山手線に乗り、恵比寿駅に向かう。線路沿いのあちこちに焼け跡が残り、そこににわか造りの建物が次々と立ち始めていることに、池野刑事は目を丸くした。

恵比寿駅で降りて十分ほど歩いたところに、黒木の住むアパートがあった。焼け跡にできた二階建ての安普請の建物だ。それでも今の東京の住宅不足を思えば、ここに住めるのは運がいいだろう。

安物の木のドアをノックすると、しばらくして三十前後の痩せぎすの男が現れた。薄汚れた兵隊服に身を包んでいる。寝起きなのか欠伸をすると、男はわたしたちをうさんくさそうに見た。

「押し売りか？　何も買わんぞ」

池野刑事が警察手帳を見せた。

「滋賀県警察部の者です。お友達の占部武彦さんのことでお話があるのですが」

黒木の顔に驚きの色が浮かんだ。

「滋賀県警察部？　どうして滋賀県から……。武彦が滋賀県で何かやったんですか」

「黒木さんは二か月ほど前、占部武彦のことで警視庁を訪ねられたそうですね。私たちはそれを聞いてうかがったんです」

「……寝ていたんだが、十分ぐらいなら付き合いますよ」

「ありがとうございます。実は、黒木さんが新聞でご覧になった整形外科医殺しは、この事件の一部にすぎないんです」

池野刑事はそう前置きして、事件について簡単に説明した。

「武彦が文彦を殺害した……」

黒木は茫然として呟いた。

「武彦さんの好きだった女性が中傷の手紙で自殺したのですが、武彦さんは横恋慕した兄が中傷の手紙を出したのだと信じ込み、兄を憎んでいたのです」

「そうだったんですか……」

「文彦さんと武彦さんはもともと仲がよくなかったのですか」

「ええ。私は商業学校で二人と一緒だったのですが、二人はことあるごとに競い合い、相手を負かそうとしていました。双子にもかかわらず——というか、双子だからこそ仲が悪かったのかもしれません。性格も正反対で、文彦が親分肌で周りに人を集めるのが好きだったのに対して、武彦はいつも独りでいるのを好んでいた。だから、文彦には友人がたくさんいたが、武彦の友人といっては私ぐらいだったでしょう。そのくせ、文彦と武彦は、髪形も、食べ物の好みも同じ。どちらも髪をオールバックにして、洋食を好んでね。それどころか、好きになる女まで同じだったのです。何ともおかしなものでした」

「好きになる女まで同じだった……」

「そうです。学生時代、学校の近所に団子屋があって、私たちは授業の帰りによくそこに立ち寄ったものでした。老夫婦がやっている小さな店だったのですが、十七、八の孫娘が店番をしていて、なかなか可愛らしい子だったので、私たちは彼女の顔を見るために通っていたようなものです。その娘に武彦が熱を上げたのです。娘の方もまんざらではないようでした。ところが、脇から文彦が出てきて、その娘をものにしてしまったのです。武彦は陰気で何を考えているかわからないような男だったのに、文彦は陽気で友人が多くて学校中の人気者でしたから、娘が文彦の方を選んだのも無理はありませんが。——双竜町という町で、武彦の好きになった女に文彦が横恋慕したと聞いたとき、同じことが繰り返されたのだなと思いましたよ」

武彦にしてみれば、自分の好きな女を二度までも兄に奪われたことになる。真山小夜子が自殺したときの武彦の憤りは容易に想像できた。

わたしは言った。

「武彦氏のからだに何か特徴はありませんでしたか。あるいは、仕草の特徴でもいいです。顔を変えた武彦氏を特定する手がかりになるかもしれません」

「からだや仕草の特徴……ですか。両腕を前で組むのが癖でしたね」

わたしは記憶を探ったが、事件関係者の中にそんな仕草の持ち主はいなかった。

「あなたが最後に武彦氏に会ったのはいつですか？」と兄が言う。

「最後に会った――というか、最後に見たのは、三年前、昭和十九年の十月です。出征が決まって、翌日入営するという日に、最後の思い出にと思って銀座に出かけたんです。よく晴れた日曜日で、銀座は大変な人出でした。すると、人込みの中に、武彦の姿を見かけたんです。武彦は国民服を着て独りで歩いていました。声をかけようとしたんですが、雑踏の中に見失ってしまって。私は翌日入営したので、武彦にも文彦にも、そのあととうとう会わずじまいになってしまった……。私は中国の戦線に送られ、戻ってきたときには銀座の姿は一変していた。多くの建物が焼け落ち、服部(はっとり)時計店や松屋はアメリカさんのＰＸとなっていた。三年前の十月に見た銀座の光景はどこにもありませんでした」

そして黒木は自嘲するように呟いた。

「いや、なくなったのはあのときの光景だけじゃない。私の以前の職場もです。私はこれでも出征前は名の知れた軍需会社に勤めていたんですがね、今じゃ闇成金の経営するキャバレーで経理係として働いているんですよ。――出勤するまでもう少し寝たいんでね、もう帰ってもらえますか」

3

黒木和雄のアパートを出たあと、わたしたち三人は増尾外科医院に向かった。

貴和子夫人に見せられた昨年十二月十四日付の新聞記事では、増尾外科医院の住所は王子区王子町となっていたが、今年の三月に施行された新区制により王子区は滝野川区と合併して北区という名称になっている。最寄り駅は省線電車の京浜東北線王子駅だ。

どうしたわけか、兄は放心状態だった。電車の中でも駅の乗り換えのときも、周囲の人間に何度もぶつかっては、謝ったり怒鳴られたりしている。そして、「まさかそんなことが……」などとぶつぶつ呟いているのだった。

「兄さん、どうしたの？　何か考え込んでいるみたいだけど」

王子駅に着いたところで、わたしはうんざりして問いかけた。兄は「ああ……」と生返事をすると、おもむろに話し始めた。

「さっきの黒木氏の証言から、あることを思いついてね」

「あることって何？」

「黒木氏に確認すればすぐにわかることなんだ。ただ、黒木氏はもう少し寝ると言っていたから、今、訊きに戻っても怒られるだろうし……」

「いったいどんなことなの」

「僕たちがこれまで事実だと信じてきたことを突き崩してしまうようなことさ。事件の姿を一変させるようなことなんだ」

先ほどの黒木和雄との会見を脳裏に蘇らせてみた。文彦と武彦の学生時代の話、武彦の仕草の特徴の話、黒木が出征直前に銀座で武彦を見かけた話……。特におかしな内容はなかったように思う。

「……ひょっとして、さっきわたしたちが会った人物は、実は武彦だったとか？」

「そんなことあるわけがないだろう」

「後藤警部補が言っていたでしょう、増尾医師の整形手術の腕はドイツ留学時代の恩師が目を見張るほどのものだったとか、医大時代の同級生たちは口をそろえて『あいつがその気になれば、元の顔とは似ても似つかぬ顔を作り出すことができる』って言っていたとか。それを聞いてから、何だか出会う人が皆、武彦みたいに思えてきちゃって……」

「いいかい、武彦は現在、双竜町で暮らしている人物なんだ。黒木氏であるはずがない」

「そうよね。だけど、いったい誰なんだろう？　蓮見警部が言っていたでしょう、昨年の十二月十四日以降に双竜町に転入した人物の名前を町役場で調べてみたら、該当するのは十七名いたけど、そのうち八名は女、四名は児童、三名は身長百六十センチ以下の男、一名は身長百七十五センチを超えるノッポの男で、残り一人が安藤さんだったって。やっぱり安藤さんしかいないのかな……」

そのときだった。脳裏に途方もない可能性が閃いた。

——そのうち八名は女。

——あいつがその気になれば、元の顔とは似ても似つかぬ顔を作り出すことができる。

「おい、どうしたんだ」

突然足を止めてしまったわたしの顔を、兄が訝しげに覗き込んだ。

「……ねえ、兄さん。武彦が新たに得た顔が、女の顔だったとしたらどう？」

「——女の顔？」

「そう。武彦は整形手術で女の顔を得て、女に成りすましているんじゃない。増尾医師の整形手術の腕がずば抜けたものだったならば、それも可能かもしれない。昨年の十二月十四日以降に双竜町に転入した人物のうち八名は女だったって蓮見警部は言っていたけど、その中に武彦がいたのかもしれない。だけど、女というだけで、警察はその八名を武彦の候補から除外してしまった。弟のことを警戒していた文彦氏が窓を開けたのも、これならわかる。文彦氏は、弟が女に化けているとは夢にも思っていなかったのよ」

池野刑事がいきなりげらげら笑い出したので、わたしはむっとした。

「何がおかしいんですか」

「いや、すみません。奈緒子さんの想像力は小説家並みですね」

気安く奈緒子と呼ぶな。

「小説家だってこんな変なことは考えない」

兄が追い打ちをかける。

「どこが変なのよ」

「武彦が女に化けるというのは根本的に無理があるぞ。男には喉仏があるから、それを隠さなければならない。声をごまかすのだって大変だ。甲高い声を出すか、それとも口がきけないふりをするしかない。身長の問題もある。武彦は身長百六十六センチ、女にしてみればかなりのノッポだ。まっさきに目を付けられる。まあ、周囲から孤立した暮らしをすれば女に化けるのは可能かもしれないけれど、双竜町みたいな田舎町で女がそうした孤立した暮らしをすれば、逆に目立ってしまう。そうしたことを考えたら、女に化けるというのは現実には無理だ」

確かにそうよね、とわたしは認めた。

「だけど、そうしたら、武彦はいったい誰なんだろう？　安藤さんでしかありえないことになってしまう。ねえ、兄さんが気がついたことというのは何なの？」

「まだ話せない。この考えが成立するにはいくつも補強材料が必要だからね。増尾外科医院の近所の聞き込みから、そうした補強材料が得られるかもしれない」

王子駅を出て駅前の闇市を抜け、石神井川沿いを西に数百メートル歩いたところに増尾外科医院はあった。築二十年ほどに見える、どっしりした木造の二階建てだった。昔はなかなか立派な建物だっただろうが、長年にわたって手入れを怠っていたらしく、庭には雑草が生い茂っていた。去年の十二月十三日、整形手術で新しい顔を得た武彦は、秘密を知る唯一の人物である外科医をここで殺害し、まったく新しい人間に成りすましたのだ。

わたしの脳裏に、一つの情景が浮かび上がった。――黄昏時、医院の玄関ドアが静かに開いて、人影が忍び出る。人影は辺りを見回すと、夕闇の中に消え去っていく。その背後に、冷たくなった外科医の死体を残したまま……。そのとき、武彦はいったいどんな顔をしていたのか？　想像の中の武彦は、顔の部分だけ、ぽっかりと空白になったままだった。

増尾医院の向かいには平屋があった。古舘（ふるだて）という表札が出ている。後藤警部補に聞いたところでは、医師の死体を発見したのはこの家の主婦だという。池野刑事が玄関のドアを叩いた。

出てきたのは、四十代半ばの女だった。割烹着を着て、どことなく狸に似た人のよさそうな顔立ちをしている。

池野刑事が警察手帳を見せた。

「滋賀県警察部の者です。昨年の十二月十三日にお向かいの医院であった事件についてお話を聞かせていただきたいと思いまして」

主婦はぽかんとした。

「滋賀県？　まあ、遠いところからはるばる……」

「詳しいことは言えませんが、お向かいの医院の事件が、滋賀県で起きた事件と関連があるようなのです」

主婦の顔に興奮の色が浮かんだ。

「何でも訊いてちょうだいな」

「どういうわけで死体を発見されたんですか」

「あたしは毎日、増尾先生に頼まれて夕食を届けていたんですよ。あの先生、一昨年の暮れに奥さんに逃げられてねえ。朝食や昼食は自分でなんとかするけど、夕食ぐらいはまともなものが食べたいと言うんで、月々お金をもらって、あたしが夕食の世話をすることになったの。夕食の世話といったって、あたしや亭主が食べてるのと同じものを届けるだけなんだけどね。で、あの日も夕食を届けにいったんですよ。そうしたら、玄関のドアを叩いても、いつもと違って先生が出てこないじゃない。ドアを開けて待合室を覗き込んだら、先生が倒れてた。最初はお酒でも飲んで眠り込んでるのかと思ったわよ。それまでにもそういうことがよくあったし、周りには酒瓶らしいのが割れて散らばってたから。だけど近づいたら、死んでるのがわかったの。もう怖かったのなんのって、悲鳴を上げて逃げ出したわよ」

「夕食を届けていたんですか。では、入院患者の分も届けていたんじゃないですか」

「そうですよ」

「先生を殺した占部武彦という男は、去年の十二月三日から十三日まで入院していましたね。あなたが夕食を届けるとき、武彦の姿を目にしたことはありませんでしたか？」

「何度かは目にしましたよ。病室の窓越しに見かけたこともあるし、あたしが待合室に入ったとき、ちょうど病室から顔を出したこともあるしね」

わたしは思わず身を乗り出した。

「見かけた？　どんな姿でした？」

「若い男としかわからなかったわねえ。なにしろ、顔全体に包帯を巻いていて、見えるのは目と鼻の穴と口だけという有様だったから。こそこそと身を隠すようにしていて、ひどく気味悪かったわよ。あの患者が先生を殺したなんてね、思い返してもぞっとする」

「占部武彦が入院した頃から、増尾先生は金回りがよくなったそうですね」

「そうなの。いつもはカストリを飲んでるのに、あの患者が入院した次の日から、アメリカさんの横流し品のウイスキーを飲み始めたりしてね。あの患者、かなりの大金を払ったみたいですよ」

武彦がそれだけの大金を払ったということは、増尾医師が武彦に施した整形手術は、それほど困難なものだったのだろうか。武彦が受けた整形手術は、いったいどのようなものだったのだろう？

「増尾先生のところにはよく患者は来たんですか？」と兄が尋ねる。

「何とか暮らしていける程度には来ていたみたいだね。といっても、先生の専門の整形手術じゃなくて、普通の外科手術を希望する患者ばかりだったみたいだけど。整形手術を希望する患者はめったに来ないって、先生、こぼしていましたよ。あたしが先生に夕食を届けるようになったのは去年の元旦からなんだけど、整形手術希望の患者が来たのなんて、一月に一件、五月に一件、九月に一件、そして例の十二月の一件、それぐらいじゃないかな。これじゃあ腕が泣くって嘆いていましたよ。

何でもあの先生、若い頃はドイツに留学して整形手術のえらい博士に学んだんだってね。でも、患者にしてみればねえ、いくら腕がいいと言ったって、お酒好きのあまり評判のよくない先生に顔をいじってもらおうなんて思わないわよねえ」

「そうですね」

「ま、人生最後に手がけた手術が自分の専門の整形手術だったんだから、本望といえば本望かもしれないわね」

そう言うと、主婦は自分で納得したように何度もうなずいた。

「ありがとうございました」

兄は礼を言うと、すたすたと歩き始めた。わたしと池野刑事は慌ててあとを追った。

「ねえ、もっと訊かないの？　あれだけでいいの？」

「どうしたんですか。まだ話を聞いている最中じゃないですか」

わたしと池野刑事は口々に言ったが、兄は首を振った。

「あれだけで充分です。訊きたいことは訊くことができた。池野さん、あとはご自由にどうぞ」

「訊きたいことって何？」とわたしは尋ねた。

「さっき、黒木氏の証言からあることを思いついた、事件の姿を一変させるようなことなんだ、と僕が言ったのを憶えているだろう？　今の主婦の証言から、事件の新たな姿を補強する材料が得られたんだ。それが得られればもう充分さ」

事件の新たな姿を補強する材料？　いったい何なのだろう。腹の立つことに、さっきから兄は謎めかしたことばかり言う。

「ねえ、教えてよ。気になって仕方ない」

「そうですよ、けちけちせずに教えてくださいよ」

「黒木氏に確認を取って、僕の思いついたことが事実だと確かめてからです。黒木氏はまだ寝ているだろうから、確認しに行くのは夕方だな。夜汽車で疲れたことだし、奈緒子、大井町の事務所に戻ってちょっと休もうじゃないか。池野刑事も、よかったら僕たちの事務所に来ませんか。大したものはないけど、ご馳走しますよ」

わたしは悔しさのあまり地団駄踏んだ。

「気になって休むどころじゃないわ。事件の謎はすべて解けたの？　武彦が整形手術でどんな顔になったのか、わかったの？」

すると兄は、晴れ晴れとした顔でうなずいた。

「ああ、解けたよ。事件の謎も、武彦が整形手術でどんな顔になったのかという謎も、すべて」

八の奏　暴かれた顔

1

十一月三十日の午後三時過ぎ。占部家の応接間では、十一名の人物がテーブルを囲んで座っていた。貴和子夫人、岡崎史恵、三沢純子、藤田修造、安藤敏郎、蓮見警部、池野刑事、加山刑事、出川巡査、それに兄とわたしである。皆の前には紅茶のカップが置かれ、芳(かぐわ)しい香りを漂わせている。

わたしたちは二十八日の夕方、黒木和雄にもう一度会い、ある事実を確認した。それは確かに、事件の姿を一変させるような意外な事実だった。だが、それをもとにして事件がどのように姿を変えるのか、わたしや池野刑事がいくらせがんでも兄は話そうとしなかった。「滋賀県に戻ったら関係者全員に説明しなきゃならない。何度も説明するのは面倒くさい」というのがその理由だった。まったく、忌々しい兄だと思う。

わたしたちが双竜町に戻ったのは二十九日の午前中。蓮見警部は池野刑事から、黒木に確認したある事実の報告を受けて、仰天したようだった。そして事件について説明するよう求めたが、兄はわたしや池野刑事にした言い訳を繰り返し、「事件の関係者を集めてくれたら話します」と言うだけ。いくら脅しても話さないので、蓮見警部もついにはあきらめ、貴和子夫人に要請して、占部邸に関係者を集めてもらったのだった。

貴和子夫人はいつものように和服を着て、慎ましやかに腰を下ろしていた。岡崎史恵と三沢純子がその両脇に控えている。

安藤は池野刑事と加山刑事に挟まれて座っていた。疑われているのが応えているのか、少しやつれた様子だ。

出川巡査はこの応接間に通されたのは初めてなのか、壁の飾り棚に置かれた黒塗り金蒔絵の十三絃の琴に感嘆の目を向けている。

藤田修造が苛立（いらだ）たしそうに腕時計に目をやると、兄に言った。

「あんた、犯人はこの運転手だと警察が言っているんだぞ。調査とか称して事件を引っ掻き回して、奥様から金を搾り取るつもりじゃないだろうな。そんなことをしたらこの私が許さんぞ」

「藤田さん。川宮さんに失礼なことを申し上げてはいけませんよ」

貴和子夫人が柔らかな口調で、しかしはっきりと言い、占部製糸の専務は身を縮めた。

兄は一同の顔を見回すと、ゆっくりと語り始めた。

「お集まりいただきありがとうございます。東京でつかんだ重大な情報を皆さんにお話しする前に、まず、この事件について、僕なりに整理してみたいと思います。この事件の犯人は占部武彦だと見て間違いありません。そして、武彦氏が成りすましている人物は、以下の四つの条件を満たしていなければなりません。

第一の条件。武彦氏は昨年の十二月十三日に東京の増尾外科医院を退院したのだから、彼が成りすましている人物は十四日以降にこの町へ来たことになります。

第二の条件。武彦氏は文彦氏の一卵性双生児ですから、文彦氏と同じ肉体的特徴を持っています。つまり、身長百六十六センチ、血液型はAB型。これらは、整形手術によっても変えることのできない特徴です。

第三の条件。文彦氏は武彦氏を警戒していたにもかかわらず、寝室の窓を開けてしまいました。つまり、武彦氏が成りすましている人物は、文彦氏がそれほど信用していた人間だったことになります。

第四の条件。立花守は文彦氏が殺害されて一時間後、現場を訪れ、犯人の正体を悟りました。犯人は自分の正体を示す重大な証拠を現場に残してしまったのです。つまり、武彦氏が成りすましている人物は、持ち主が一目でわかるような極めて特徴のある品物を身につけていたということになります。

これらの条件を満たす人物として、警察は安藤敏郎さんを挙げました。

第一の条件。役場の記録によれば、昨年の十二月十四日以降にこの町に転入した人物は十七名いました。警察が調べたところ、そのうち八名は女、四名は児童、三名は身長百六十センチ以下の男、一名は身長百七十五センチを超えるノッポの男。残り一名が安藤さんでした。

第二の条件。安藤さんは身長百六十五センチ前後です。また、九月に行われた献血運動の記録によれば、安藤さんの血液型はAB型でした。

第三の条件。安藤さんは文彦氏の運転手でしたから、文彦氏に信用されていたことでしょう。

第四の条件。安藤さんは運転手用の白い手袋をつけています。犯行時、それを着用していて、現場にうっかり落としたのかもしれない。立花はそれを見つけて犯人の正体を悟ったのかもしれません。

さらに、安藤さんには文彦氏が殺されたときも立花守が殺されたときもアリバイがないし、満洲から引き揚げてきたということで、前歴がはっきりしません。

警察は安藤さんの指紋を採取し、東京の整形外科医殺しの現場の遺留指紋と比べてみることにしました。しかし、遺留指紋の中に、安藤さんの指紋と一致するものはありませんでした。もちろん、武彦氏が整形外科医殺しの現場に指紋を残していかなかったかもしれないので、遺留指紋と安藤さんの指紋が一致しなかったからといって、安藤さんが武彦氏ではないということにはなりません。

このように、安藤さんは限りなく疑わしいものの、武彦氏だと断定する直接的な証拠はないという状況でした。僕は彼が犯人ではないと思いましたが、それは証拠に基づかないただの直感です。僕の直感が間違っていて、やはり彼が犯人だったのかもしれない。

こうした五里霧中の状況から僕を救い出してくれたのが、文彦氏と武彦氏の商業学校時代の同級生、黒木和雄の証言でした。彼の証言には重大な手がかりが含まれていた。それに気づいたとき、僕は自分が大変な錯覚に陥っていたことを知り、誰が武彦氏であるかを知ることができたのです」

「能書きはいい。さっさと話してくれ」藤田が苛立ったように言う。

「これからお話ししますよ。――黒木氏が最後に武彦氏を見たのは、今から三年前、昭和十九年の十月のことでした。黒木氏は出征が決まり、翌日入営するという日に、最後の思い出にと思って銀座に出かけたのです。そのとき、人込みの中を、武彦氏が国民服を着て独りで歩いている姿を見かけたということでした。声をかけようとしたが、大変な雑踏だったので、見失ってしまったそうです。僕が引っかかったのは、この証言でした。この証言はどう考えてもおかしいのです」

「どこがおかしいんだ?」

「いいですか。文彦氏と武彦氏は一卵性双生児のはずです。ならば、遠くから見ただけでは区別がつかないはずではないでしょうか? 言葉を交わしたわけでもないのに、なぜ相手が武彦氏だとわかったのでしょうか? 黒木氏は翌日入営して、そのあと文彦氏にも武彦氏にも会っていないから、そのとき見たのが兄弟のうちどちらなのか、本人たちに直接訊いて確かめることもできなかったのですよ」

藤田の顔に虚を衝かれたような表情が浮かんだ。

「……着ている服で区別したんじゃないのか?」

「それはありえません。黒木氏の証言によれば、武彦氏はそのとき国民服を着ていたという。皆さんも戦争中、着るようにやかましく言われたからおわかりでしょうが、国民服というのはカーキ色をした軍服そっくりの代物で、なんとも没個性的です。あんな代物を着ていて、相手が兄か弟か区別のつくはずがない」

「それなら、髪形で区別したんだろう」

「それもありえません。黒木氏の証言によれば、文彦氏も武彦氏も同じ髪形だったそうですから」

「連れだ。たとえばそのとき、武彦さんは恋人を連れていたのかもしれん。それを見れば、たとえ一卵性双生児でも、文彦さんと武彦さんの区別はつくだろう。まさか文彦さんが武彦さんの恋人を連れて歩くはずはないからな」

「それもありえません。武彦氏は独りで歩いていたと黒木氏は言っているのですよ。連れから兄弟の区別をつけることはできませんでした」

「――じゃあ、黒木和雄はどうやって兄弟の区別をつけることができたんだ？」

「考えられることは一つしかありません。文彦氏と武彦氏は双子ではあるものの、一卵性双生児ではなかった。外見の違う、二卵性双生児だったのです」

2

「――二卵性双生児？」

何人もの口から驚きの声が漏れた。兄はうなずいて言った。

「そうです。一卵性双生児が、母親の胎内で一つの受精卵が何らかの原因で二つに分かれたことで二人の人間として生まれるのに対し、二卵性双生児は、母親の胎内で同時に二つの卵子が排卵され、それぞれが受精して二人の人間として生まれるものです。一卵性双生児が遺伝的にはまったく同一であるのに対し、二卵性双生児は遺伝的には異なります。したがって、顔も異なるのです。

文彦氏と武彦氏は二卵性双生児であり、もともと別の顔を持っていた。だからこそ、黒木氏は銀座の雑踏で遠くから見かけただけでも、没個性的な国民服を着ていても、髪形が同じでも、相手を武彦氏だと識別できた。僕と妹と池野刑事が黒木氏と会ったとき、『双子』という言葉で了解しているものが違っていたのです。僕たちは一卵性双生児を思い描いていたのに対し、黒木氏は二卵性双生児を思い描いていたのでした。僕は黒木氏にそのことをすでに確認してあります」

十一月二十八日の夕方、わたしと兄と池野刑事は再度、黒木和雄を訪れ、その事実を確認したのだった。

「でも……」

困惑したように口を挟んだのは貴和子夫人だった。

「昨年の一月二十八日、双竜町にやって来たとき、文彦さんも武彦さんも、まったく同じ顔をしていたのですよ。そのことは、この町の皆さんがよくご存じです」

「そうですね。しかし、文彦氏と武彦氏が二卵性双生児であることも確かな事実です。とすれば、導かれる結論はただ一つしかない。武彦氏は整形手術を受けることで、兄と同じ顔になったのです」

「――整形手術？」

「はい。武彦氏が中国から復員したのは一昨年の暮れ。武彦氏は兄と相談して、翌二十一年一月、増尾外科医院で整形手術を受けたのです。そして、二人は一卵性双生児の兄弟として、双竜町へやって来たのです」

「武彦さんは一月に整形手術をしていたというのか？」藤田が呆気に取られたように言う。

「そうです。増尾医師に夕食を届けていた近所の主婦の話では、増尾医師は一月に一度、五月に一度、九月に一度、整形手術希望の患者を入院させたという。このち一月の患者が武彦氏だったに違いありません」

「しかし、武彦さんはなぜそんなことを？」

「それは、占部家に伝わる伝承や、占部家の当主だった竜一郎氏が抱いていた迷信のためです。竜一郎氏は病気がちで、自分の死後、占部家の人間が貴和子夫人だけになることを気に病んでいた。そんなとき、双子が当主のときに占部家はいっそう栄えるという伝承が、彼の心の中に蘇ったのです。そして、三十年近く前に聞いた、弟嫁の絹江さんが双子を出産したという便りを思い出し、甥たちを探し出すことにした。

フィリピンの米軍捕虜収容所から復員した文彦氏は、博多で読んだ新聞の尋ね人欄でそのことを知り、占部家を訪ねた。こうして、甥と伯父は生まれて初めての対面を果たしました。竜一郎氏は文彦氏に、弟とともに占部家の跡継ぎになるよう頼み、文彦氏もそれを喜んで受け入れた。

しかしこのとき、文彦氏には心配事が一つあった。それは、文彦氏と武彦氏の兄弟が二卵性双生児であるのに、竜一郎氏が求めているのは一卵性双生児だということです。竜一郎氏は、弟嫁の絹江さんが双子を出産したと風の便りで聞いたとき、それが一卵性双生児だと思い込んでしまった。なぜなら、占部家の歴史の中で、生まれてくる双子はいつも一卵性双生児だったからです。戦国時代、占部家を興した兄弟も、明治十年に占部製糸を設立した琢磨と琢也の兄弟も、容貌が瓜二つだったそうですから、今で言う一卵性双生児であったことは間違いない。文彦氏は竜一郎氏が新聞の尋ね人欄に出した文面にあった『一卵性双生児』という言葉や、竜一郎氏の言葉の端々から、伯父の勘違いに気づきました。

文彦氏は悩んだことでしょう。二卵性双生児であることを素直に打ち明けてもよいが、しかし打ち明けたとたん、竜一郎氏は文彦氏たちを跡継ぎにする件を取り消すかもしれない。竜一郎氏が、憎んでいた弟の血を引く者たちを後継者に迎え入れようとするのは、ひとえに甥たちが一卵性双生児であり、容貌が瓜二つだと信じているからです。一卵性双生児ではないとわかれば、憎い弟の血を引く者たちなど後継者にしたがらないかもしれない。

明日をも知れない今のご時世で、富豪である竜一郎氏の跡継ぎになることは、文彦氏にはとても魅力的でした。どうしてもこの機会を逃したくはなかった。だから、文彦氏は二卵性双生児であることを打ち明けないことにしたのです。その代わり、弟の顔を整形手術させて、一卵性双生児に見せかけることにしたのです。もともと文彦氏と武彦氏は二卵性双生児なのですから、顔こそ違うものの、からだつきはそっくりだったはずだし、顔にしても輪郭などはよく似ていたはずです。だから、目鼻立ちだけ手術すれば一卵性双生児に見せかけることは容易でした。一昨年の暮れに武彦氏が中国から復員してくると、文彦氏は弟にこの計画を打ち明け、武彦氏も乗り気になった。そして、武彦氏は翌二十一年一月に整形手術を受けて、兄と同じ顔になったのでした」

わたしは口を挟んだ。

「でも、一卵性双生児に見せかけるなんて、あまりにも大胆な計画じゃない？　竜一郎氏がちょっと調べたら、簡単にばれてしまうでしょう」

「ところが、ばれる恐れはなかったんだ。なぜなら、一昨年の三月十日の空襲で、文彦氏と武彦氏の家族や友人知人は死に絶えていたからだ。二人が一卵性双生児ではなく二卵性双生児であることを知っている者は、もはやこの世に存在しない。だから、占部家にばれる恐れはまずなかった。もっとも、兄弟の知人の中でただ一人、黒木和雄だけは出征していたため空襲をまぬがれ、結局、彼の証言で兄弟の計略はあばかれることになったんだが……」

「そこまではわかりました」と貴和子夫人が言った。「すると、武彦さんは増尾外科で、一月と十二月の二度、整形手術を受けたということですか？」

「僕も初めはそう思いました。しかし、それにしてはおかしな点があった。警察は増尾外科医院でカルテを収めたキャビネットを調べましたが、武彦氏のカルテは十二月の手術のものしか見つかっていない。一月に手術をしたときのものは見つかっていないのです」

「一月のカルテは武彦さんが持ち去ったのでしょう」

「はたしてそうでしょうか？　一月のカルテを持ち去るならば、なぜそのときに十二月のカルテも持ち去らなかったのでしょうか。一月のカルテだけ持ち去り、十二月のカルテは残しておくというのは、何とも不合理ではないでしょうか」

「じゃあ、どういうことなのでしょう？」

「僕の脳裏には、非常に大胆な仮説が浮かびました――武彦氏は一月のカルテを改竄して、十二月のカルテを偽造したのではないでしょうか？」

「――十二月のカルテを偽造した？」

「要するに、武彦氏が手術を受けたのは一月のときだけであり、十二月には手術を受けていないということです」

「――十二月には手術を受けていない？」

「そうです。武彦氏は、十二月に増尾外科医院に入院したときには手術を受けなかったのです。十日間、顔に包帯を巻き、医院のベッドで寝ていただけでした。近所の主婦の話によれば、増尾医師はこの時期、かなりの金を手にしたのか急に羽振りがよくなったそうですが、武彦氏は医師に大金を渡して、手術を受けたふりをさせてくれるよう頼み込んだのです。近所の主婦は、顔に包帯を巻いた若い男の姿を目撃していますが、武彦氏は包帯を巻いた姿を意図的に目撃させ、このときに手術を受けたと思わせたのです。

武彦氏は十三日に増尾医師を殺害すると、一月のカルテを改竄した。といっても、これまで思われてきたように、手術後の写真を剝ぎ取ったわけではない。手術前の写真を剝ぎ取り、手術後の写真を手術前の写真の欄へ移し、手術後の写真の欄は空白にしたのです。こうすれば、手術後の顔――兄と瓜二つの顔――が、手術前の顔だと、つまり本来の顔だと誤認され、武彦氏は兄と一卵性双生児だと思われることになります。

さらに、カルテの日付を一月から十二月へ改竄した。カルテの日付は算用数字で書かれているから、『1』の右横に『2』を書き足してやれば、一月から十二月へと改竄できます。日にちの方は、一月と同じ日を選んで入院退院すれば、改竄の必要はありません。そして、カルテを収めるキャビネットの中での問題のカルテの位置を、一月の位置から十二月の位置へと移動させた。

こうした細工により、『一卵性双生児の弟が十二月に整形手術を受けて別人の顔を得た』という錯覚が作り出されたのです。

武彦氏が十二月十三日に増尾医師を殺害したのは、この錯覚を強めるためでした。整形外科医が殺害され、直前まで入院していた患者が姿を消したとなれば、誰しも、整形手術が行われたのは医師殺害の直前だと思い込みますからね。

増尾医師殺害には、もう一つ、カルテに着目させるという目的もあったことでしょう。単にカルテに細工しただけでは、誰にも気づかれない。誰にも気づかれないのでは意味がない。そこで、増尾医師を殺害し、警察の注意を引いたのです。考えてみてください。もし武彦氏が手術後の顔を隠そうとすれば、手術後の写真を剝がすまでもなく、カルテそのものを持ち去ればいいはずです。そうしなかったのは、武彦氏は改竄したカルテを捜査陣に見せることにより、『一卵性双生児の弟が十二月に整形手術を受けて別人の顔を得た』という錯覚を与えたかったからです。

武彦氏の細工を見破る手がかりは、日付にもありました。武彦氏は十二月一日に双竜町を出て、十二月三日に増尾外科医院に入院しています。十二月一日に双竜町を出たということは、東京に着いたのは翌二日です。しかしそれからわずか一日で、望み通りの顔を与えてくれる腕のよい整形外科を探して入院できるものでしょうか。とうてい無理です。ここからわかるのは、十二月三日の入院は初めての入院ではなかったということです。武彦氏は以前から増尾外科医院のことを知っていたのです。これも、武彦氏が一月に整形手術を受けたことの傍証になります」

「武彦さんはなぜ、一月の手術を十二月だと思わせるような真似をしたのですか？」

「兄を殺害するためですよ。先ほど述べたように、武彦氏が一月の手術によって文彦氏と同じ顔になったのは、占部家の養子になるためであり、文彦氏と共謀した計画でした。しかしその後、武彦氏は兄に殺意を抱き、一月の手術を自分だけのために再利用することにしたのです。一月の手術のおかげで、武彦氏と文彦氏は一卵性双生児だと思われています。それでは、一月の手術を十二月へ移動させ、武彦氏が十二月に整形手術で顔を変えた、と思わせることができたらどうでしょうか？　一卵性双生児の弟が整形手術で兄とは別の顔になった、と思わせることができるのです。つまり、文彦氏と同じ顔の持ち主はこの世には存在しないと思わせつつ、しかし実際には依然として同じ顔の持ち主が存在する――という状況が作り出される。この状況を利用して、兄殺しの際にさまざまな奇計を巡らすことができるでしょう」

「長ったらしい説明はもういい」蓮見警部が焦れたように口を挟んだ。「武彦が今、誰に成りすましているのか、それを話してくれ」

「これからお話ししますよ。これまでは、武彦氏は整形手術により、文彦氏と瓜二つの顔から、まったく違う顔へと変わった、と考えられてきました。しかし、本当はその逆だったことがわかっている。武彦氏は整形手術により、兄と瓜二つの顔になったのです。要するに、文彦氏と明らかに顔立ちが違う者は、武彦氏の候補から除外されるのです。これまでは、明らかに顔立ちが違っても、『整形手術をしたから』と考えられて、武彦氏の候補となっていた。しかし今や、武彦氏の整形手術後の顔は文彦氏と同じだと判明しているのだから、文彦氏と明らかに顔立ちが違う者は武彦ではありえない」

そこで兄は一同をぐるりと見回した。

「先ほど述べたように、この町には武彦氏の候補となりうる方が一人だけいます。安藤敏郎さんです。しかし、文彦氏は一重瞼だったのに対し、安藤さんは二重瞼です。したがって、安藤さんは武彦氏ではありえません」

運転手はやつれた顔にほっとしたような微笑を浮かべた。

「そんな馬鹿な」と蓮見警部が言った。「安藤が武彦でないとしたら、いったい誰が武彦だというんだ？」

そこで不意に気づいたように顔を輝かせた。

「……そうか、わかったぞ。武彦はいつの時点でかわからないが、文彦氏と入れ替わっていたんだな？　今年になってからの文彦氏は、実は武彦だったんだ。そうして、占部製糸の社長の地位を奪い取ったに違いない」

「いえ、そうではありません。文彦氏は隠者のような生活を送っていたのではなく、占部製糸の経営者として、毎日多くの人たちと会い、多くの決定を下していました。それが入れ替わっていたら、必ず気づかれていたでしょう。言動がちぐはぐになり、それまで憶えていたことを突然忘れてしまうなどということが起こるのですから。そうではありませんか、藤田さん？」

太った専務はうなずいた。

「あんたの言うとおりだ。武彦さんが社長と入れ替わっていたら、私を含めて周りの人間が必ず気づいていたはずだよ」

「しかし、武彦が文彦氏に成りすましていたのでもないとしたら……武彦は誰だったんだ？　誰も残らんじゃないか」

蓮見警部が首をひねる。兄は微笑した。

「誰も残らない？　確かに、生きている人間の中には、武彦氏の候補となる者は誰も残りませんね。しかし、死んだ人間の中に、武彦氏の候補となる者が一人いたはずですよ」

「死んだ人間の中に……?」

「わかりませんか。立花守が武彦氏だったのです」

3

一同はざわめいた。誰の顔にも信じられないという表情が浮かんでいる。

「立花守は身長百六十センチ台半ばですし、この町へ来たのは今年の二月ですから、武彦氏である条件を満たしています。さらに、その容貌を見てみると、立花は文彦氏と同じく、一重瞼と獅子鼻の持ち主でした。彼は髭で顔の下半分を覆っていましたが、その下には文彦氏と瓜二つの顔が隠されていたのです。あの髭は付け髭だし、鼻の酒焼けはメーキャップだったのでしょう。さらに、眼鏡をかけたり、髪に櫛を通さずぼさぼさにしたりして、少しでも人相を変えようとした」

「立花守が武彦だと? そんな馬鹿なことがあるものか」蓮見警部が失笑した。

「立花守は三つの点で武彦ではありえない。第一に、彼の血液型はB型だ。武彦ならばAB型のはずだ。第二に、彼は文彦氏が殺害された時刻、確固たるアリバイがある。午後七時半から八時半にかけて、居酒屋〈黒猫〉で飲んでいたんだ。第三に、立花は殺害されている。彼が武彦ならば、なぜ殺害されるんだ?」

「第一の点――血液型の問題については、これまで述べてきたことですでに解決済みのはずですよ。いいですか、文彦氏と武彦氏は一卵性双生児ではなく二卵性双生児だったのです。遺伝的に異なる二卵性双生児なら、血液型が異なっていてもおかしくはない。文彦氏がAB型で武彦氏がB型であっても何の問題もありません。

血液型の話が出たついでに、カルテの改竄について一つ付け加えておきましょう。武彦氏はB型だったから、増尾外科医院のカルテには、もともとB型と記されていたはずです。しかし、武彦氏は昨年の十二月に増尾医師を殺害してカルテを改竄したとき、『B』の前に『A』を書き足して、AB型、つまり兄と同じ血液型にした。そうしないと、一卵性双生児という偽装が完璧にならないからです」

蓮見警部はさらに疑問をぶつけた。

「第二の点――アリバイの問題はどうなんだ？　立花には確固たるアリバイがある。文彦氏が殺害された午後八時頃、立花は居酒屋で酔って騒いでいた。立花に文彦氏を殺害できたはずがない」

「それが、できたのです。なぜなら、文彦氏が殺害されたのは午後八時ではなかったからです」

「――午後八時ではなかった？」

「そうです。文彦氏の死亡時刻が午後八時と算出されたのは、彼が食後二時間して殺害されており、彼の夕食の時刻が午後六時だったからです。しかし、夕食の時刻が六時でなかったならば、死亡時刻も変わってくるのではないでしょうか？」

「どういうことだね？」

「夕食を六時に僕たちとともに取った占部文彦は、武彦氏が成りすました偽者だったのです」

「偽者……？」わたしは茫然として兄を見た。

「そうだ。二十日の夕方五時半頃、安藤さんの運転する自動車に乗って会社からこの屋敷へ戻ってきた文彦氏は本物だった。だけど、その二十分後、僕たちのいる応接間へ姿を現した文彦氏は偽者だった。この二十分のあいだに、武彦氏が兄と入れ替わっていたんだ。蓮見警部は先ほど、武彦氏が長いあいだ、兄と入れ替わっていたという説を唱えました。その説自体は間違いですが、入れ替わりそのものは確かに、ごく短時間のあいだですが行われたのです」

「入れ替わりって、そんな証拠がどこにあるの？」

「証拠はちゃんとあるさ。奈緒子、お前だって目にしているはずだ。通夜のときに聞いた緒方病院の院長の話では、あの日、文彦氏は会社で右手の人差し指を突き指したため、会社の帰りに緒方病院に立ち寄ったのだという。ところが、僕たちが夕食をともにした文彦氏は、右手に箸を持ち何の支障もなく食事をしていた。変じゃないか。右手の人差し指を突き指していて、満足に箸を持てるはずがないだろう？」

わたしははっとした。『遠慮なく食べてください』と言って、右手に持った箸を刺身に伸ばし、きれいな仕草で食べ始めた『占部文彦』の姿が脳裏に蘇る。あのときの箸の使い方は、右手の指に何の怪我もしていない者のものだった……。

「とすれば、考えられることは一つしかない。僕たちが夕食をともにした文彦氏は、その直前に安藤さんの運転する自動車でこの屋敷に戻ってきた文彦氏とは別人だということだ」

兄はそこで三沢純子に尋ねた。

「二十日の夕方五時頃、立花が文彦氏を訪ねてきていたそうですね？」

「ええ。文彦様はまだ会社から戻っていらっしゃらないというのに、文彦様のお部屋で待たせてもらうと言って勝手に入ってしまって……」

「五時半にこの屋敷に戻ってきた文彦氏は、自分の部屋に入りました。そこでは立花が待ち構えていた。先ほど言ったように、立花は武彦氏が変装した姿です。入れ替わりはこのとき行われた。武彦氏はクロロフォルムか何かの麻酔剤を嗅がせて兄を気絶させると、立花の変装を解き、兄に成りすました。立花はこの屋敷を訪れたとき、薄汚い外套を羽織っていたそうですが、その下には、兄に成りすましたときの服——白のトックリセーターにベージュ色の綿ズボン——を着ていたに違いありません。そして、応接間にいる僕たちの前に、文彦氏として現れたのです」

「なんて大胆な……」

「あのとき貴和子夫人が文彦氏に、『立花さんが来ていたみたいだけど、何のご用だったの？』と尋ねると、文彦氏は『大切な客が来るので帰ってくれと言って追い払いました』と答えた。しかし、それは真っ赤な嘘でした。立花は、そう答える当の文彦氏になっていたのですから」

兄はそこで再び三沢純子に尋ねた。

「あの日の夕方、あなたは立花が帰るところを見ましたか？」

「……そういえば、見ていません。あたしはあの男が大嫌いで、いちいち送り迎えしないものですから。いつの間にかいなくなっていたので、てっきり帰ったものだろうと……」

「ところが、帰ってはいなかったのです。文彦氏に成りすましていたのですよ。午後六時前から、武彦氏は僕と妹を迎えて食堂で夕食を取った」

「じゃあ、あたしが食堂に夕食を運んだとき、そこにいた文彦様は、本当は武彦様だったんですか……」三沢純子が茫然として呟いた。

「武彦氏は六時半に夕食を終えると、文彦氏の寝室に閉じこもりました。僕たちの護衛付きでね。あのとき僕たちは、武彦氏が文彦氏の書斎や寝室に潜んでいないかと調べましたが、武彦氏はそれを見て内心大笑いしていたことでしょう」

「本物の文彦氏は寝室で気絶させられたと兄さんは言っていたよね。そのあとどこにいたの？」わたしは気になって尋ねた。

「寝室にそのままいたんだよ」

「寝室に？　そんなはずないわ。わたしたちは、文彦氏――いや、武彦氏だったんだよね――が寝室にこもるとき、室内に人が潜んでいるかどうか調べたけど、誰もいなかったじゃない」

「いいかい、僕たちはあのとき、人が自発的に隠れているという前提で室内を調べたんだ。だから、寝台の下しか調べなかった。だけど、自発的に隠れたのではなく、誰かに押し込められたのならば、人一人を隠すだけの空間はほかにもあったじゃないか」

はっとした。

「……衣装トランク？」

「そう。あの衣装トランクは大型で、人一人が充分入る大きさだ。僕たちが文彦氏の寝室に入ったとき、文彦氏はあのトランクの中に閉じ込められていたんだ。ところが、侵入者を捜していた僕たちは、衣装トランクに錠がかけられているのを見て、中に人間が潜んでいるはずがないと思ってしまった」

「じゃあ、あのとき、わたしたちがトランクを調べていれば……」

「文彦氏を助けることができただろうね」

兄は沈鬱な声になったが、気を取り直したように先を続けた。

「七時になると、武彦氏はトランクの中に閉じ込めていた兄に夕食を食べさせた。このときの夕食は、武彦氏が食べたのとまったく同じ内容——白米、刺身、ワカサギの塩焼き、貝の味噌汁、馬鈴薯のサラダ、ほうれん草のおひたし、桃の缶詰——です。兄が助けを呼んだりしないよう、ナイフを突きつけていたことでしょう。食べさせ終えると、武彦氏は自分の着ていた白のトックリセーターとベージュの綿ズボンを脱ぎ、兄に着せた。そして兄をまたトランクの中に押し込む。

武彦氏は立花の姿に戻ると、窓から外に出た。七時半から八時半にかけては居酒屋〈黒猫〉で過ごし、酔ったふりをして騒いだりして自分の存在を印象付けた。九時、立花の姿をした武彦氏は窓から文彦氏の寝室に戻り、兄をトランクの中から引きずり出して殺害。そして、窓から外に出ると、立花の自宅に帰った。

翌朝、文彦氏の死体が発見されます。文彦氏は前夜の午後六時前から食事を取ったと思われている。そして、胃の内容物は二時間ほど消化された状態だったから、文彦氏が殺害されたのは午後八時頃と見なされる。死亡時刻が実際より一時間前だと誤認されるのです。こうして、立花すなわち武彦氏にアリバイが成立した。

もちろん、死亡推定時刻の算出は、胃の内容物の消化状態だけではなく、ほかのさまざまな死体現象——直腸温度の低下や、死斑など——にも基づいて行われます。しかし、死体の発見が翌朝になったため、そうした死体現象から割り出される数字も幅が広がり、死亡推定時刻が実際より一時間早まってもわからなかったのです。ちなみに、事件当夜の午後九時に、岡崎史恵さんが、立花が文彦氏の寝室を覗いているのを目撃しましたが、それは武彦氏が兄を殺して部屋から出てきて、最後の確認のために振り返っている姿だったのです。犯人が現場に出入りする姿がしっかりと目撃されていたのに、被害者の死亡時刻が実際より前だと思われていたため、それが犯人だとはわからなかった。無理もない。何とも皮肉な事態です」

岡崎史恵は青ざめていた。無理もない。もし、あのとき岡崎史恵が立花——武彦に姿を見られていたら、彼女も殺されていたかもしれないからだ。

わたしは尋ねた。

「立花はよく文彦氏を訪ねてきたということだけど、立花が武彦氏であることを、文彦氏は知っていたのかしら？」

「知っていただろうね。三十年ものあいだ一緒に暮らしてきた兄弟なのだから、変装していても身のこなしなどから気がついたはずだ。武彦氏は立花としてこの町に戻ってきたあと、兄のもとを訪れ、自分の正体を明かしたんだと思う。武彦氏は自分が『立花守』として振る舞っていることを、適当な口実をでっち上げて兄に納得させていたんだろう。たとえば、東京でヤクザといざこざを起こしたので、ほとぼりが冷めるまで、名前を変え変装して双竜町で過ごしたい、このことは誰にも明かさないでくれとでも言ったのかもしれない。文彦氏は弟が自分に殺意を抱いているとは夢にも思っていなかったし、弟がヤクザとさらにいざこざを起こして家名に傷がつくのも嫌だったから、弟の行動をそのまま受け入れ、金も恵んでやった。そして、そうした行為の理由として、立花が文彦氏の戦友だという嘘をでっち上げたんだ」

「でも、文彦氏はそれでいいとしても、町のほかの人たちはどうなの？　彼らは、立花が実は武彦氏であることに気がつかなかったの？」

「そうだ。なぜなら、武彦氏と立花は、属する社会的階層がまったく異なり、付き合う相手も異なっていたからだ。武彦氏は占部家の一員にして占部製糸の専務であり、付き合う相手も町の上層階級が主だった。それに対して立花は怪しげな闇物資を売りさばくいかがわしいブローカーであり、付き合う相手も町の庶民が主だった。つまり、武彦氏をよく知っていた人間は立花とはほとんど付き合わず、せいぜい遠くから見るぐらいだし、一方、立花をよく知っている人間は武彦氏とは口をきいたこともなく、せいぜい遠くから見たことがあるぐらいなんだ。これなら、武彦氏と立花が同一人物であることはわからない。そもそも、そうした効果を狙って、武彦氏は立花という架空の人物をいかがわしい小悪党に仕立てたんだろう」

そういえば、と池野刑事が言った。

「立花の行きつけだった〈黒猫〉という居酒屋の女将は、武彦は遠くから見かけるだけで口をきいたこともなかったと言ってました」

わたしも、喫茶店〈マドモアゼル〉の姉が、「住む世界が違うさかい、文彦さんとも武彦さんとも言葉を交わしたこともあらへん」と言っていたのを思い出した。

「唯一の問題は、この屋敷を訪れたときに相手にしなければならない貴和子夫人と三沢純子さんをどうごまかすかだが、評判の悪い小悪党という印象を作り出しておいたおかげで、彼女たちも立花とは積極的に口をきこうとせず、見破られることはなかった。三沢純子さんの話では、立花はぼそぼそとした喋り方をする男だったそうですが、それは、武彦氏の声を知っている三沢純子さんをごまかすためだったんでしょう」

そこで兄はからかうような目をわたしに向けた。

「それにしても、奈緒子、お前の直感の鋭さには驚くよ。立花が武彦氏だと最初に主張したのはお前なんだから。もちろんそれはあくまでも直感で、事件の謎を論理的に解明した末の結論ではなかったけれど」

複雑な心境だった。いちおう、ほめられているのだと解釈しておく。

「──なるほど、あんたの推理はそれなりに筋が通っている」

蓮見警部がしぶしぶながら認めた。

「だが、まだ説明できていない点があるぞ。立花が武彦だったならば、彼を殺したのはいったい誰だったんだ？　まさか、立花を殺したのは事件とは無関係な人物だとは言わんだろうな？」

「そんなことは言いませんよ。立花は文彦氏を殺害するのに使われたのと同じ種類のナイフで殺されたのだから、二つの事件が密接な関係にあることは明白です」

「では、誰が立花を殺したんだ？」

「決まっています。共犯者ですよ」

4

「──共犯者だと？　共犯者がいたのか？」

「はい。文彦氏殺しを詳細に分析すれば、武彦氏に共犯者がいたことは明らかです。先ほど述べたように、武彦氏は事件当日の午後七時、兄に自分の食べたのと同じ内容の食事を取らせました。このときの食事を用意したのは誰でしょうか？　武彦氏ではありません。武彦氏はすでに文彦氏に化けて午後六時前から夕食を食べている。それからわずか一時間でまた夕食を求めたりすれば、必ず怪しまれてしまう。したがって、文彦氏用の夕食を用意した人物——すなわち共犯者がほかにいるはずです。その人物は、自分の食べる夕食を文彦氏用に回したのです。そして、それができたのは占部家の人間です」

「共犯者は占部家の人間ということかね？」

「そうです」

わたしはその場にいる占部家の者たちに思わず目をやった。貴和子夫人は、顔をかすかに青ざめさせている。料理人の岡崎史恵は、目をきょときょとと落ち着きなく動かしている。女中の三沢純子は、両手を前で握り合わせ、唇をかみしめている。安藤敏郎の無精髭の生えた顔は微動だにしない。

「では、共犯者は占部家の人間のうち誰なのか？　それを特定する手がかりは、食堂での夕食にあります。夕食の席での文彦氏は、武彦氏が化けた姿でした。したがって、食堂に無闇に人が入ってこられては犯人の計画に支障を来たしてしまう。それを防ぐためには、食堂から人払いをしなければならない。この役割を果たした人物がいます。——奈緒子、憶えているだろう？」

わたしはうなずいた。夕食のとき、三沢純子に向かって、食堂で内密の話があるから給仕はいらないと言った人物は——。

「……貴和子夫人ね」

「そう。貴和子夫人が武彦氏の共犯者だったということです」

一同の視線が女主人に集中する。貴和子夫人は観音菩薩を思わせる顔に静かな笑みを浮かべていた。

「貴和子夫人は夕食を食堂で取らず、自分の部屋へ運ばせました。しかし実際にはそれを食べず、別の容器に移し替えて、あとでこっそり武彦氏に渡したのです。六時半に武彦氏が文彦氏の寝室にこもってから、六時五十分に貴和子夫人が安藤さんの運転する自動車で婦人会に出かけるまでのあいだにね。文彦氏の部屋は一階の北端、貴和子夫人の部屋は二階の北端にある。つまり、貴和子夫人の部屋は文彦氏の部屋の真上に位置しています。貴和子夫人は夕食入りの容器を二階の自室の窓から紐か糸で吊り降ろし、一階の窓から身を乗り出した武彦氏に渡したのでしょう。予備の琴糸を使ったのかもしれません。武彦氏はそうして受け取った夕食を午後七時に文彦氏に食べさせた」

「奥様が共犯者ですって？」悲鳴のような声を上げたのは三沢純子だった。「そんな馬鹿なことあるわけないじゃありませんか。ねえ、奥様」

貴和子夫人は三沢純子に安心させるようにうなずいてみせた。

「ええ、そのとおりよ。わたくしが共犯者だなんて、とんでもない話です。動機がないではありませんか」

「動機ですか？　文彦氏は占部製糸の社長でしたね。あなたはその社長の座を狙っていたのかもしれません。そして武彦氏は、あなたと愛人関係にあったのかもしれませんね」

「わたくしが共犯者ならば、文彦さんが殺されたあと、なぜあなたたちに事件の捜査を依頼し、あなたたちを屋敷に泊まらせたのですか？」

「あなたは自分の計画の駒の一つとして、僕たちを利用するつもりだったからですよ。それについてはあとでお話しします。

その前にまず、あなたと武彦氏の犯行計画についてここでまとめておきましょう。殺害の実行犯は、男である武彦氏が務めることにした。しかし、単に殺したのでは嫌疑をかけられてしまう。容疑者圏外に逃れる計略が必要です。あなたたちがひねり出した計略は、極めて大胆で独創的なものでした。

武彦氏はまず、双竜町を出て、立花守という別の人物になって町へ戻ってきます。その上で、立花を二つの壁で警察の捜査から守ることにしたのです。その二つの壁とは、アリバイの壁と血液型の壁でした。

アリバイの壁——それは、武彦氏が整形手術をして別人の顔を得た、と警察に思わせ、その上で、武彦氏と文彦氏の顔がまったく同じであることを利用して立花にアリバイを作るというものでした。

この計画がユニークなのは、アリバイで保護されるのが、武彦氏が変装して作り出した存在――立花であり、武彦氏当人としての存在は捨て駒にされていることです。立花が犯人ではないと思われればいいのであり、武彦氏が犯人だと見破られることはいっこうにかまわなかった。むしろ、武彦氏が犯人だと捜査陣に積極的に印象付けたかったのです」

「なぜだね？」蓮見警部が訝しげに尋ねた。

「武彦氏が犯人だと見なされると、警察は武彦氏捜しを始めます。その際、武彦氏捜しの条件となるのは、血液型がAB型であるということです。何しろ、警察は武彦氏と文彦氏が一卵性双生児だと思っているのですから。そのため、B型である立花は、自動的に武彦氏の候補から外される――つまり、犯人候補から外されるのです。武彦氏が犯人だと捜査陣に印象付けることにより、B型の立花は容疑者圏外に逃れることができるのです。これが、血液型の壁です。

文彦氏の音頭で、九月に町ぐるみの献血運動が行われたそうですが、献血運動をするよう文彦氏に提案したのは武彦氏だったに違いない。血液型の壁を作ろうとしていた武彦氏は、文彦氏と立花の血液型が違うということを、はっきりと記録に残したいと思っていた。そのためには、町ぐるみの献血運動という場は打ってつけでした。

血液型の壁が威力を発揮するためには、武彦氏が犯人だと目されるようにしなければなりません。そのため、武彦氏はいくつもの手を使って自分が犯人だと印象付けるように努めました。第一の手は、武彦氏が文彦氏を狙う偽りの理由を作り上げることです。それが、真山小夜子の自殺でした」

「どういうことだ？　真山小夜子の自殺は、武彦の動機ではなかったのか？」

「はい。武彦氏が小夜子さんの恋人であり、小夜子さんの自殺のことで兄を憎んでいた、という物語を僕たちに吹き込もうとした人物がいます。武彦氏の共犯である貴和子夫人です。琵琶湖畔で武彦氏と小夜子さんが接吻しているところを見たとか、武彦氏と小夜子さんに交際のことを訊くと、お互い相手のことを真剣に想っていると答えたとか、すべて嘘だったのです。

去年の十一月、武彦氏は小夜子さんが死んだと聞いたとき、『兄さんがあの手紙で小夜子を殺したんだ』と言って、文彦氏に食ってかかったそうですが、これは芝居でした。武彦氏はこの時点ですでに、犯行計画を完全に作り上げていたに違いない。自分が小夜子さんのことで兄を憎んでいる――と周囲に印象付けたかったのです。

小夜子さんの下宿していた女子寮の寮母の話では、小夜子さんの葬儀のとき、武彦氏が参列し、目を真っ赤に泣き腫らしていたという。しかしそれも芝居だった。武彦氏はそうして、自分が小夜子と恋仲であったと周囲に印象付けようとしたのです。

寮母は、『わたしはそれまで、武彦さんとあの子が交際していることをまったく知らなかったのです。二人はそれほど密かに付き合っていたのですね』と言っていましたが、彼女が二人の交際を知らなかったのは、そもそも付き合いが存在しなかったからです。小夜子さんの死後にでっち上げられた偽りの交際だったからです。

文彦氏を殺害する日として小夜子さんの命日を選んだのも、小夜子さんの自殺が犯行の動機だと思わせるための策略でした。武彦氏は、小夜子さんの自殺が文彦氏殺害の動機だと僕たちに思わせたかったのです。そうすれば、真の動機は隠蔽されますし、武彦氏が小夜子さんを愛していると周囲に思わせれば、武彦氏と貴和子夫人の愛人関係を隠蔽することもできます」

「でも、都合よく小夜子さんが自殺したものね。もし彼女が自殺しなかったら、武彦氏は文彦氏を殺害する動機として何をでっち上げるつもりだったのかしら」

わたしが問うと、兄はふっと顔を曇らせた。

「そう、あまりに都合よすぎる。考えられることは一つしかない——小夜子さんは自殺したのではなく、武彦氏と貴和子夫人に殺されたんだ。武彦氏が兄を殺害する、もっともらしい動機を作り出すためにね」

「――そんな理由で、小夜子さんは殺されたというの？」わたしは茫然とした。何という残酷な犯行動機だろう。

「貴和子夫人は占部製糸の女子工員たちに琴を教えていた。そのときに、青酸加里入りのカプセルを、何かの薬とでも偽って小夜子さんに与えたのだろう。小夜子さんはその頃、中傷の手紙に悩まされて睡眠不足になり、精神的に不安定になっていただろうから、睡眠薬だとか精神安定剤だとか偽ったのかもしれない。小夜子さんは貴和子夫人の言葉を信じ込んで、夜、女子寮の自室でカプセルを飲み、死亡したんだ。その頃、町には小夜子さんに対する中傷の手紙が出回っていたから、彼女の死はそれに悩んでの自殺と思われてしまった。たぶん、中傷の手紙をばらまいたのも、武彦氏と貴和子夫人だろう。小夜子さんが死んだとき、自殺に見せかけるためだ。そして、小夜子さんの死は文彦氏殺害の真の動機を隠蔽するための手段だった。武彦氏と貴和子夫人の立てた計画は、非常に遠大なものだったんだ」

わたしはそこで、あることに気がついた。二十日の夕食の席で『占部文彦』は、自分が中傷の手紙を出して小夜子を自殺に追いやったと弟は思い込んでいる、と語った。「もちろん、中傷の手紙は出していらっしゃらないんですよね」とわたしが尋ねると、『占部文彦』は「当たり前ですよ。私はそんな暇人じゃない」と否定した。しかし、わたしはあのとき、否定の仕方にほんのわずかなわざとらしさと後ろめたさを感じ取り、この男は本当は中傷の手紙を出したのではないかという疑惑を抱いた。今にして思えば、あの疑惑はある意味で正しかったのだ。あのとき占部文彦と名乗っていた人物――武彦は、確かに中傷の手紙を出していたのだから。

「武彦氏が自分を犯人だと印象付けるべく取った第二の手は、『十一月二十日を忘れるな。なぜ顔を変えたかわかるか？　お前の近くにいる』と記した便箋と、整形外科医殺しの新聞記事の切り抜きです。武彦氏はこれにより、自分が昨年の十二月に整形手術で顔を変えたという錯覚を作り出すとともに、自分が文彦氏に危害を加えようとしていると印象付けました。

ちなみに、この便箋と切り抜きを届けた封筒は文彦氏宛でしたが、文彦氏自身は目にしていません。郵便配達がこの屋敷に届けるとすぐに貴和子夫人が取り上げ隠しておいたのでしょう」

「だが、便箋にも切り抜きにも封筒にも文彦氏の指紋がついていたぞ」と蓮見警部が言う。

「便箋や切り抜きや封筒は貴和子夫人が保管していました。二十日の夜、貴和子夫人はそれらを二階の自室から真下の文彦氏の部屋へ吊り降ろして武彦氏に渡し、武彦氏は文彦氏を殺害した直後に、便箋や切り抜きや封筒に文彦氏の指を当てて指紋をつけたのです。便箋や切り抜きや封筒を手にしたときについた指紋だと見えるように位置を工夫してね。文彦氏が便箋や切り抜きや封筒に触れたあと、貴和子夫人もそれらを見せられたという設定なので、文彦氏の指紋の上に貴和子夫人の指紋がついていなければなりません。そこで、死亡した文彦氏の指紋をつけたあと、武彦氏は便箋や切り抜きや封筒を貴和子夫人に吊り上げてもらい、貴和子夫人が自分の指紋をつけたのだと思います」

「じゃあ、二十日の夕方、わたしと兄さんが自動車の中で貴和子夫人から便箋や切り抜きや封筒を見せられたときは、そこにはまだ文彦氏の指紋はついていなかったのね」

「そうだ。あのとき、貴和子夫人は封筒に触っていたけど、指紋がつかないよう指に糊を塗って乾かし膜を作っておいたんだろう」

「でも、あのとき兄さんが手袋をはめて便箋や切り抜きや封筒を扱ったからよかったけど、もしそうしなかったら、兄さんの指紋が便箋や切り抜きや封筒についてしまっていたよね。そのあとで文彦氏や貴和子夫人の指紋をつけたら、二人の指紋が兄さんの指紋の上に来る可能性がある。警察がそれを見たら、兄さんが触った時点では文彦氏や貴和子夫人の指紋がなかったことがばれるんじゃない？　兄さんが触ったあと、いったん便箋や切り抜きや封筒をきれいに拭くことも考えられるけど、そうしたら、封筒についていなければおかしい郵便局員の指紋までなくなってしまい、怪しまれる。この点を貴和子夫人や武彦氏はどうするつもりだったの？」

「貴和子夫人はお友達の衣笠夫人から僕たちのことを聞いたという。衣笠夫人はきっと、僕たちの父親が元警察官であることも話したに違いない。貴和子夫人は、元警察官を父親に持つ私立探偵なら、当然、指紋に気をつけて手袋をはめるだろうと予測できた。貴和子夫人は僕たちの父親が元警察官であることを知らなかったようなロぶりだったけど、本当は衣笠夫人から聞いていたに違いない」

細部まで考えられた犯行計画に、わたしは舌を巻く思いだった。

兄は一同を見回して続けた。

「文彦氏が、貴和子夫人の勧めにもかかわらず、武彦氏の脅迫を警察に届けようとせず、占部製糸の社員を護衛にするのも渋ったというのも嘘です。警察や社員たちに脅迫の件を知らせたら、警察や社員たちは文彦氏に対してその件を持ち出すでしょうし、そうしたら、文彦氏に、武彦氏の脅迫という嘘がばれてしまうでしょう。しかし、脅迫を受けた文彦氏がそれを警察に届けず社員にも知らせないのは変です。だから貴和子夫人は、警察に届けたら武彦氏が殺人者だと認めるような気がするので届けたくないとか、弟が自分を殺そうとするとは思えないとか、上に立つ者の争いを見せたら下の者に示しがつかないとかいった口実を設けて、文彦氏が脅迫を警察に届けず社員にも知らせないおかしさを糊塗しようとした。

このように、武彦氏は貴和子夫人を共犯者として、アリバイの壁と血液型の壁によって自らの身を守る犯罪計画を作り上げたのでした。もっとも、そこで守られるのは、立花守という新たな存在であり、武彦氏としての存在は犠牲にされるのですが。この犯罪計画は見事な成功を収めました。文彦氏が殺害されたあと、警察はアリバイの点と血液型の点から、立花を容疑者圏外に置いてしまったのですから」

蓮見警部は渋い顔になり、口の中でもぐもぐと何か弁解した。

「わたしたちの会った文彦氏が武彦氏だったのなら、貴和子夫人がわたしたちを雇った理由は何だったの？」

「アリバイの証人にするためさ。武彦氏が文彦氏に成りすましたとき、文彦氏の身近にいる人物が相手だと、外見からは文彦氏だと思わせることができても、話をすればば文彦氏でないことがばれてしまう。つまり、文彦氏の身近にいる人物をアリバイの証人にした場合、口をきくことができないんだ。それでは非常に不自然だし、怪しまれてしまう。それを防ぐために、文彦氏のことをよく知らない外部の人間が証人として必要だった。

貴和子夫人は十一月二十日に双竜町に来てほしいと僕たちへの依頼の手紙に書い

ていたけど、考えてみると、僕たちに文彦氏の護衛と武彦氏の捜索を任せたいなら、十一月二十日当日に来させるのは遅すぎる。武彦氏がこの町で別人に成りすまして暮らしていると疑っているのなら、もっと前に呼び寄せて捜索させるべきだ。そうしなかったのは、十一月二十日より前に僕たちを呼び寄せたら、本物の文彦氏と顔を合わせることになり、武彦氏からの脅迫状が文彦氏のもとには届いていないことがばれてしまうからだ」

「それにしても、思い切ったことをしたものね。貴和子夫人と武彦氏の犯罪計画は、武彦氏としての存在を犠牲にすることを前提にしているんだもの」

「そうだね。だけど、武彦氏はそれでかまわなかったんだ。彼は新たに作り出した立花守という存在で生きていくことに何のためらいもなかった」

「どうして？」

「武彦氏は貴和子夫人と結婚したいと思っていたからさ。武彦氏のままでは、彼女と結婚することはできない。竜一郎氏の養子となった武彦氏は、法律上は貴和子夫人の息子に相当するのだから。しかし立花守になれば、彼女と結婚することができる」

そこで兄は貴和子夫人を見据えた。

「だが、武彦氏も予想していないものがあった。あなたの裏切りです」

5

貴和子夫人の顔にはかすかな動揺の色が浮かんでいた。だが、その目にはまだ余裕があった。占部家の女主人は静かに微笑みながら言った。

「あなたは、立花さんの正体が武彦さんだとおっしゃいましたね。武彦さんをわたくしが裏切ったとあなたがおっしゃるということは、立花さんを殺したのはわたくしだとお考えなのですか」

「そうです」

「わたくしが立花さんを殺したなんて、言いがかりもいいところです。川宮さん、あなたは肝心なことを忘れていらっしゃいます」

「肝心なこととは何です？」

「立花さんが殺されたのは、二十一日の午後十時から十一時過ぎまでのあいだだそうではありませんか。ですけれど、その時刻、わたくしはサンルームで文彦さんの亡骸に付き添って通夜をしておりました。そのことは、ご一緒してくださったあなたや妹さんがよくご存じのはずです」

「ええ、あなたは僕や妹と一緒にいました」

「ならば、わたくしに立花さんを殺せたはずがないではありませんか」

そのとおりだ。貴和子夫人には鉄壁のアリバイがある。だが、兄は少しも動じずに答えた。

「ところが、殺せたのですよ。あなたのアリバイを保証しているのは、午後十一時過ぎに出川巡査が立花の死体を発見したという事実です。しかし、先ほど述べたように、立花は武彦氏が変装した姿でした。立花の顔は装われたものだったのです。ならば、立花の死体も、武彦氏以外の誰かの死体を変装させたものだという可能性が考えられます」

「武彦さん以外の誰かの死体を変装させたもの？　そんなことは不可能でしょう。武彦さん以外の誰かを変装させても、出川さんが立花さん本人だと思い込むほど似せることは難しいはずです」

「武彦氏は整形手術で文彦氏と同じ顔になっていました。だから、文彦氏も立花に変装することができたはずです。出川巡査が午後十一時過ぎに発見した立花の死体は、文彦氏を変装させたものだったのではないでしょうか」

蓮見警部が慌てて口を挟んだ。

「ちょっと待て、何を言っているんだ。文彦氏の遺体は通夜の……」そこで息を呑んだ。「まさか……」

「おわかりになったようですね。柩に納められていた文彦氏の遺体を取り出し、立花の家へ運んで、『立花の死体』に見せかけたのです。立花の服を着せ、顔に立花の変装を施し、刺し傷のある左胸にもう一度ナイフを突き立ててね。貴和子夫人はずっと僕たちと一緒にいましたから、この作業を行ったのは武彦氏でしょう」

遺体を再利用したというのか。あまりに冒瀆的（ぼうとくてき）な行為に慄然（りつぜん）とする。

「文彦氏の遺体が司法解剖を終えて占部邸に戻ってきたとき、貴和子夫人は通夜を行うサンルームに柩を運び込ませ、死化粧をするので二人だけにしてほしいと言って十分ほど部屋にこもった。あのとき、武彦氏が文彦氏の遺体を柩から取り出し、占部邸から運び出したのです」

「運び出す？　いったいどうやって？」

「琵琶湖を通してですよ」

「――琵琶湖を通して？」

「サンルームの窓は床まであるフランス窓なので、男性の体力なら、遺体を引きずって裏庭に運び出すことができます。そして裏庭には池があり、池は水門を通して琵琶湖につながっている。春や夏には、池から小舟で琵琶湖に漕ぎ出して遊んだりすると、貴和子夫人自身がおっしゃっていました。

貴和子夫人は水門をあらかじめ開けておいた。夕刻、武彦氏は立花の家の小舟に乗って水門から屋敷に入り、池の傍らの小屋に小舟を隠して潜みます。文彦氏の遺体が司法解剖から戻ってくると、貴和子夫人は死化粧を口実にサンルームに十分ほどこもる。あのとき、貴和子夫人はフランス窓から合図を送ったのでしょう。小屋にいた武彦氏はそれを見て、フランス窓からサンルームに侵入すると、遺体を引きずって小舟に乗せ、立花の家へと向かいます。このあいだ、貴和子夫人はドアのそばに立って、武彦氏が遺体を運び出すのを見守っていたのでしょう。もし誰かがサンルームに入ってこようとしたら、何らかの口実で追い払ったはずです」

わたしは茫然とした。「文彦さんの顔に死化粧をしますから、二人だけにしてくれますか」と言った貴和子夫人の細い声を思い出す。あれは演技だったというのか。

「武彦氏は立花の家まで戻ってくると、小舟を湖岸に引き上げ、遺体を立花の家まで引きずって運びます。家に遺体を上げ、立花のメーキャップを施します。武彦氏と文彦氏は同じ顔なのだから、文彦氏の顔も、武彦氏の化ける立花と全く同じ顔にできる道理です。

遺体がまとっていた経帷子を剝ぎ取り、立花の着ていたものによく似た灰色のセーターと焦茶色の長ズボンを着せます。よく似たものをあらかじめ用意しておいたのでしょう。

遺体の左胸にナイフを刺しますが、もちろん血は出ませんから、『立花の死体』

の発見者に怪しまれるかもしれません。そこで、用意しておいた血糊を、遺体に刺したナイフの周囲のセーターに擦りつけたのでしょう。

前夜の九時頃に死亡した文彦氏の遺体は、死後硬直が進行しています。死後硬直は死後二、三時間で始まり、四から七時間で全身に及び、十二時間前後で頂点に達する。緩解し始めるのは一日か二日後です。だから、遺体を立花の家に持ってきた時点では、まだほとんど硬直が解けていません。もし『立花の死体』の発見者が脈を取るため手を持ち上げようとしたら、硬直していることに気づくでしょう。それだけ硬直していたら、死が訪れたのはずっと前であることに気づかれ、遺体が立花のものではないことに気づかれる恐れがあります。だから、遺体の手を持ち上げられないように、両手を胴体の脇につけた姿勢で上半身をロープでぐるぐる巻きにしたのです。重石をつけて琵琶湖に沈めるためではありませんでした。

さっき、遺体にセーターと長ズボンを着せると言いましたが、遺体は死後硬直の最中ですから、長ズボンはともかくセーターを着せるのは難しいかもしれません。そこで、セーターの背中を上端から下端まで切り、開いたセーターで遺体の上半身を前から包むようにして着せたのだと思います。こうすれば硬直した腕を袖に通すこともできます。遺体は仰向けになっているので、セーターの背中が切れていることはわかりませんし、両手を胴体の脇につけた姿勢で上半身をロープでぐるぐる巻きにされているので、背中を切られたセーターがゆるむこともありません。まさに一石二鳥です。

死後一日程度経つと遺体は角膜混濁も起こします。しかし『立花の死体』は目を閉じていたので、出川巡査は角膜混濁に気づかなかった。寝ているところを殺されたとは思えない『立花の死体』が目を閉じていたことも、それが実際には通夜や葬儀のために目を閉じられた文彦氏の遺体であることの傍証になります。

武彦氏は、立花の家で犯行が行われたと見せかけるため、卓袱台を倒したり、湯飲み茶碗を転がしたり、酒瓶を割ったり、火鉢を横倒しにして灰を畳にこぼしたりする工作も行いました。『立花の死体』の発見者に出川巡査を選んだのは、毎晩、決まった時刻に湖岸沿いを警邏することがわかっていたからです」

出川巡査は兄の話に茫然として耳を傾けている。

「武彦氏は立花の家の戸を開けっぱなしにして出川巡査の注意を引きつけ、家の中に誘い込みます。出川巡査が『立花の死体』を見つけて手を触れると、隠れていた武彦氏はクロロフォルムで気絶させ、ふたたび死体を小舟に乗せます。このとき注意しなければならないのは、小舟から立花の家まで遺体を引きずった跡をちょうど逆向きになぞるようにして、立花の家から小舟まで遺体を引きずっていかなければならないということです。そうしないと、引きずった跡が二筋存在することになり、どこからか立花の家に遺体を運んできて、また運び去ったことがばれてしまいますから。

武彦氏はそれから、遺体を乗せた小舟で占部邸へ向かい、水門から裏庭の池に入り、一晩、池の傍らの小屋で過ごします。おそらくこのときに、遺体から立花の変装を剝ぎ、胸に刺したナイフを抜き取り、上半身をぐるぐる巻きにしていたロープを外し、セーターや長ズボンを剝いで経帷子を着せたのでしょう。

そして翌二十二日の朝七時、貴和子夫人と僕と妹がサンルームでの通夜を終えて食堂に入った隙に、武彦氏はフランス窓から遺体をサンルームの柩に戻しました。あのとき、三沢純子さんも岡崎史恵さんも食堂にいました。つまり、サンルームには誰もいなかったのです。貴和子夫人は七時に通夜を終えてサンルームを出るので、その直後に遺体を戻すようにと武彦氏にあらかじめ伝えておいたのでしょう」

蓮見警部がうなった。

「じゃあ、通夜のあいだずっと、柩の中は空っぽだったのか」

「はい。貴和子夫人はサンルームに置かれた柩の傍らに座って通夜客たちの応対をしましたが、そうすることで、柩が開けられて空であることに気づかれるのを防ごうとしたのです。藤田専務が文彦氏の顔を見たがるという出来事もありましたが、貴和子夫人は藤田専務が酔っていることを理由に断り、事なきを得ました」

藤田は畏れの表情を浮かべて貴和子夫人を見た。

「二十二日の午後、文彦氏の葬儀が行われ、遺体は火葬場で焼かれました。こうして、遺体に残っていた偽装工作の痕跡――左胸をナイフで二度刺した跡も消えることになりました。

一方、二十二日の日中ずっと、武彦氏は池の傍らの小屋にこっそりと隠れていたのでしょう。その夜、貴和子夫人は武彦氏を殺害しました。貴和子夫人は二十二日の晩、夕食にほとんど箸をつけず、七時前に休み、三沢純子さんや岡崎史恵さんにも早く休むことを勧めていましたが、それは武彦氏を殺害する機会を作るためだったのです。武彦氏の死亡推定時刻の下限は二十二日の午後十時ですから、貴和子夫人は自室に引き上げたあと、十時までのあいだにこっそりと武彦氏に会い、殺害したのでしょう。そして、『立花の死体』のように、ロープでぐるぐる巻きにします。

このあと、武彦氏の死体を数日間、琵琶湖に沈めて死亡推定時刻を曖昧にします。といっても、単に沈めたのでは、いつ浮かび上がるかわからないし、予定より早く発見されてしまうかもしれない。そこで、占部邸の水門を出てすぐのところなど、人目につかないところを選んで死体を沈め、引き揚げやすいように、ロープの端を水門のどこかに引っ掛けておいたのでしょう。ロープでぐるぐる巻きにしたのは、第一には『立花の死体』に合わせるためですが、死体を引き揚げやすくするという意味もあったのです。占部家は今の季節、水門を使うことはめったになく、見つかる恐れはまずなかったでしょう。三日後の二十五日の深夜、貴和子夫人は小舟で水門を出ると、死体をぐるぐる巻きにしたロープを小舟で引いて沖合に出、死体を艀に引っ掛けます。翌二十六日の朝、死体が発見されますが、長時間、水中にあったので正確な死亡時刻がわからなくなり、二十一日の通夜の夜に殺されたのか、翌二十二日の夜に殺されたのかわからなくなっています。第一の事件と同様、第二の事件でも、貴和子夫人は被害者の死亡推定時刻を実際よりも前に見せかけることで、アリバイを作り上げたのでした」

そこで兄は貴和子夫人を見た。

「先ほどあなたは、自分が共犯者ならば、文彦氏が殺されたあと、なぜ僕たちに事件の捜査を依頼し、僕たちを屋敷に泊まらせたのかと尋ねました。答えは、通夜の夜、僕たちを同席させ、あなたにアリバイを作るためです」

蓮見警部が首をかしげた。

「それにしても、武彦氏は被害者だろう。何でそんなことに協力したんだ？　貴和子夫人は彼を殺すつもりだったのに」

「武彦氏は貴和子夫人に欺かれたのです」

「……欺かれた？」

「文彦氏の遺体を再利用して『立花の死体』を偽装するという計画は、文彦氏の遺体を柩に戻すところでストップし、そのあとの武彦氏殺害を行わなければ、『立花が死んだように見せかけて逃亡する』計画として用いることができますね」

「そうだな」

「貴和子夫人が武彦氏に持ち掛けたのは、この『立花が死んだように見せかけて逃亡する』計画だったのです。そのあとに武彦氏殺害を予定していることは隠していました」

「しかし、立花という存在は、アリバイの壁と血液型の壁によって守られているはずだ。なぜ、立花が死んだように見せかけて逃亡する必要があるんだ？」

「アリバイの壁も血液型の壁も崩されてしまったと、貴和子夫人が武彦氏に嘘をついたからです」

「嘘をついた？　いつついたんだ」

「武彦氏がサンルームに侵入したときです。おそらく、貴和子夫人は武彦氏に、二十一日の夜にこっそりと会って、警察の捜査がどのようなものだったか、犯行計画がうまく進んでいるかどうか報告し合いましょうと言っていたのでしょう。その日の夜に文彦氏の遺体が帰ってきたときに死化粧を口実にして十分ほどサンルームから人払いをするから、あなたは小舟で占部邸に来て、サンルームで会いましょうと提案していた。突飛なように思えますが、それなりに合理的です。通夜や葬儀の席では、貴和子夫人は喪主としての務めで忙しく、こっそり人と会う機会を作ることは難しい。武彦氏の方は、立花に変装しているとはいえ、それまで武彦氏として付き合ってきた双竜町の上流階級の人々の前に出ることは、正体を見破られるような気がして怖いでしょう。だから、文彦氏の死化粧を口実に人払いしたサンルームで会うという提案を、武彦氏はおかしいとは思わなかった。

そしてサンルームに現れた武彦氏に、貴和子夫人は言ったのです。

——警察があなたのことを疑っている、アリバイの壁も血液型の壁も崩されてしまった……。

驚く武彦氏に貴和子夫人は言います。

——このままでは逮捕されてしまう。逃げても警察はどこまでも追いかけてくるでしょう。こうなったら、逃げる方法は一つしかない。立花が殺されたと見せかけること。

そして、文彦氏の遺体を立花の他殺死体に見せかける計画を持ち掛けたのです。『立花の死体』に使う、背中を上端から下端まで切ったセーターや長ズボンやロープや血糊もこのとき渡したのでしょう。冷静に考えればおかしいと気づくような計画ですが、貴和子夫人を信じ切っていた武彦氏は、警察が自分を疑っていると本当に思い込み、計画に従うことにした。そして、サンルームで柩に納められていた文彦氏の遺体を持ち出し、小舟に乗せて立花の家に向かったのです。『立花の死体』を出川巡査に見せ、触れさせたあと、武彦氏は遺体を戻し、二十二日の日中ずっと、池の傍らの小屋に隠れていました。夜になるのを待って双竜町からこっそりと立ち去ることになっていたのだと思います。その夜、貴和子夫人は小屋を訪れ、小舟に乗っていくことを武彦氏に提案した。二人で近隣の町まで小舟で行き、武彦氏はその町の駅から汽車に乗って逃亡する。双竜駅以外の駅ならば、警察も監視していないだろうから、汽車に乗ることができる……」

「どうして小舟に乗っていくことを提案したとわかるんだ？」

「貴和子夫人は、武彦氏の死体を琵琶湖に数日間沈めるつもりでした。それには小舟を使います。小舟以外の場所で武彦氏を殺害したら、非力な貴和子夫人は小舟まで死体を運ぶのに大変な苦労をするでしょう。だから、小舟で殺害したはずです。そのためには、小舟に乗っていくことを提案する必要がある」

「なるほど、そうだな」

「このとき、貴和子夫人は言葉巧みに武彦氏を操って、立花のセーターと長ズボンを身に着けさせていたことでしょう。立花として死んでもらうためです。貴和子夫人は武彦氏とともに小舟に乗り込む。たぶん、武彦氏がオールを握ったことでしょう。貴和子夫人はその向かいに座りましたが、不意を衝いて、隠し持っていたナイフを武彦の左胸に突き立てる。貴和子夫人を信頼し切っており、さらにオールで両手がふさがっていた武彦氏は防ぐ間もなく刺されてしまった。ちなみに、このときの刺し傷が、『立花の死体』の刺し傷と矛盾しないようにしなければなりませんから、貴和子夫人は武彦氏に、文彦氏の遺体から『立花の死体』を作る際、すでに刺し傷のある遺体の左胸にもう一度ナイフを突き立てるよう、あらかじめ指示しておいたのでしょう。絶命を確認すると、貴和子夫人は武彦氏の死体を湖に沈める……」

応接間に沈黙が満ちた。深夜の湖上で演じられた凄惨な光景を、誰もが脳裏に描いているようだった。

「三日後の二十五日の深夜、貴和子夫人は小舟で死体を引いて舢に引っ掛け、翌二十六日朝、漁師に発見させます。三日余り水に浸かっていたため、武彦氏の死亡推定時刻は二十一日の午後十時頃から二十二日の午後十時頃まで広がってしまった。もちろん貴和子夫人は、具体的にどれぐらい広がるかは予測できなかったでしょうが、死亡推定時刻が少なくとも二十一日から二十二日まで広がることは予測できたでしょう。二十一日の午後四時過ぎ、『立花』は蓮見警部の訊問を受けているので、これが死亡推定時刻の上限となります。そして、その日の午後十一時過ぎに出川巡査に『立花の死体』を目撃させるので、これが死亡推定時刻の下限となります。この時間帯に確固たるアリバイを作っておけばいいのです。

実際には、司法解剖により、死亡推定時刻は二十一日の午後十時頃から二十二日の午後十時頃と出て、下限の二十一日午後十一時過ぎと合わせることにより、『立花』の死亡推定時刻は二十一日午後十時頃から十一時過ぎと定められました。この時間帯、貴和子夫人は僕や妹と一緒にいたので、首尾よくアリバイが成立することになりました」

柩の傍らで通夜客の弔問を受ける貴和子夫人の姿、最後の通夜客を送り出して疲れたような彼女の姿を思い出す。あのとき彼女は、一世一代の犯行計画を進めていたのだ。

「貴和子夫人が死体を湖に沈めたのは、アリバイ工作以外の理由もありました。武彦氏は文彦氏と同じ顔になるように整形手術をしたうえに、立花の変装をしていました。この二点を知られるわけにはいきません。しかし、死体が司法解剖を受けたら、この二点はたちどころにばれてしまう。

まず、司法解剖をする前に、死体の全身を拭くので、顔に施していた立花の変装——顔の下半分を覆う付け髭や、鼻の酒焼けのメーキャップ——が取れ、武彦氏の顔が、文彦氏とまったく同じ顔が現れるでしょう。そして司法解剖をする中で、顔に整形手術を施していることがばれるでしょう。立花の素顔が武彦氏であること、さらに武彦氏の顔が整形手術によって作られたものであることを知られれば、貴和子夫人と武彦氏の奇計が完全にばれてしまうのです。この問題を克服するために考え出されたのが、武彦氏の死体を湖に沈めるという方法でした。

水中に数日間置くことで、死体の顔はヨコエビにかじられ、変装をしていたことも整形手術を受けていたこともわからなくなります。おそらく貴和子夫人は、死体を湖中に沈める際、顔にヨコエビの好むものを塗り付けておき、かじられるように仕向けたのでしょう」

「貴和子夫人は、立花が殺された理由についてはどうするつもりだったんだ？　岡崎さんの証言で、立花が午後九時に現場を覗いていた、そのときに犯人の手がかりに気づいたために殺されたと勘違いされることになったが、立花が現場を覗いていたのを岡崎さんが目撃したのはあくまでも偶然だからな」

「おそらく、立花が二十日の午後五時頃に文彦氏を訪ねたときに、文彦氏から武彦氏の正体につながることを聞き、文彦氏の殺害後にその人物に探りを入れて殺された――とでも見せかけるつもりだったのでしょう。しかし、岡崎さんの証言が現れたので、貴和子夫人はそれを利用することにしたのです」

兄は貴和子夫人を見据えた。

「事件の背後ですべてを操っていたのはあなたでした。これまでの推理で、僕は武彦氏を主犯、あなたを共犯として話してきたが、本当の主犯はあなただと言うべきでしょう。武彦氏は文彦氏殺しの実行犯を務めたが、彼はあなたの操り人形にすぎなかった。文彦氏殺しの計画を作り上げたのはあなただったに違いない。この計画の異常なまでの遠大さと迂遠さ、それはあなたから受ける印象にぴったりです。武彦氏はあなたの計画に従って兄を殺害した。しかし、あなたはその計画の背後に、真の計画を隠し持っていた——武彦氏殺しとそれにまつわるアリバイ工作を含んだ計画を」

応接間にいる誰もが、息を詰めて貴和子夫人を見つめていた。そのまま、凍りついたような時間が流れた。それはほんの数十秒のようでもあり、数分のようでもあった。貴和子夫人の観音菩薩のように上品な顔に、やがて静かなあきらめの色が浮かんだ。彼女はため息をつくと、穏やかな声で言った。

「……川宮さん、あなたたちを呼び寄せたのは失敗でした。あなたたちのことを衣笠夫人から聞いたとき、盗難事件を解決したとはいうけれど、それはあくまでも運がよかったからだと甘く見ていたのです。まさかあなたが、これほど有能だとは思ってもみませんでした。わたくしの完敗です」

それは、自らの罪を認めた言葉だった。蓮見警部が一歩前に出ると、問いかけた。

「占部文彦の殺害に手を貸し、占部武彦と真山小夜子を殺害したことを認めるんだな?」

「はい。認めます」

「奥様……!」

三沢純子と岡崎史恵が悲鳴を上げた。貴和子夫人は二人に静かに微笑みかけた。

「純子ちゃん、史恵さん、ごめんなさいね。あなたたちのこれからの身の振り方はちゃんと考えてあるから大丈夫ですよ」

「奥様、なぜこんなことを……!」

貴和子夫人はふっと遠い眼差しになった。

「なぜこんなことを……?　そうね、わたくしは力がほしかったのです」

「力……?」

蓮見警部が訝しげに問い返した。

「そう、力です。占部製糸の実権を握り、事業を自由に動かしたかったのですよ。わたくしはたいていの殿方よりも強い意志と綿密な頭脳を持っていると自負しています。しかし、いくらそうしたものを持っていても、女であるだけで、事業からは遠ざけられてしまうのです。わたくしは結婚して以来ずっと、夫の竜一郎の事業経営を見ながら、自分ならもっとうまくやれるのにといつも歯がゆく思っていました。竜一郎にそれとなく進言してみたこともありました。ですけれど、竜一郎はわたくしの言葉をうるさがるばかりだったのです。夫がわたくしに望んでいるのは、従順で貞淑な妻であることだけ。事業の担い手などは求めていなかった。わたくしはそれが不満でした。

戦争に負け、古い価値観はすべて崩れ去りました。女だからといって事業から遠ざけられる時代はもう終わったはずです。そんなとき、竜一郎が文彦さんと武彦さんを養子に迎え入れたのです。竜一郎は二人に占部製糸の今後を託すつもりのようでした。わたくしの出る幕はどこにもなかった。夫が亡くなったあとは、文彦さんが経営の実権を握りました。結局、男でなければ事業は継げないというのでしょうか。

わたくしはまるで、見えない糸で雁字搦めにされているような気がしました。そこから自由になるためには、糸を切るよりほかにない――文彦さんを殺すよりほかにない。そう思い定めたのです。

でも、それは、肉体的な力に劣るわたくし一人ではできそうになかった。そこで、武彦さんを誘惑して、わたくしの計画に引き込んだのです。武彦さんは事業経営には興味がなかったから、わたくしは武彦さんに、文彦さんを亡き者にしたあとは占部製糸を売り払って、そのお金で、東京で一緒に安楽な暮らしをしましょうと嘘を囁いたのです。武彦さんは子供の頃から、いつも兄の文彦さんに競争心を抱いていたようです。夫の養子になるときに文彦さんと共謀はしたけれど、隙あらば兄に打ち勝とうとしていた。だから、わたくしの申し出をさほど迷わずに受け入れました。

一月の整形手術を十二月だと誤認させ、それによって武彦さんが整形手術で新たな顔を得たと思わせる策略は、武彦さんが考え出したものでした。わたくしはそれまで、武彦さんと文彦さんが一卵性双生児ではないことにまったく気づいていなかったのです。でも、聞いてみると、その策略はとてもよいものに思えました。そこで、それを使って、文彦さんを殺すときのアリバイを作る計画を考え出したのです。それには武彦さんが本人として暮らす生活を永遠に捨て、立花守という新たな人間として生きていくことも含まれていたけれど、武彦さんはそれにも同意しました。こう言ってはなんですけれど、武彦さんはそれほどわたくしに夢中になってくれていたのです。だけど、わたくしは武彦さんを殺すことも最初から決めていた。武彦さんもいずれはわたくしにとって束縛となるでしょう。わたくしは何者にも束縛されるつもりはありませんでしたから」

貴和子夫人は微笑んだ。それは、殺人者の正体を初めて露(あらわ)にした恐ろしい笑みだった。そしてふと顔を曇らせた。

「ただ一つ心残りなのは、小夜子さんを殺してしまったことです。あの子は工場でも真面目に働いていたし、琴のお稽古にも熱心で、わたくしのことも慕ってくれていた。そんな子を中傷する手紙をばらまいて、最後には命を奪ってしまうのは本当に心苦しかったけれど、わたくしの計画には小夜子さんの死が不可欠だった……」

「捜査本部で詳しい話を聞かせてもらおうか」

蓮見警部が、自分の目や耳が信じられなくなったような面持ちで言う。

「わかりました。ですけれど、その前に、もう一度だけわたくしの琴に触れさせていただけないでしょうか。これで見納めになるでしょうから」

その声には有無を言わさぬ力があり、蓮見は不承不承うなずいた。

貴和子夫人は立ち上がると飾り棚に近づき、そこに置かれた黒塗り金蒔絵の琴にそっと手を置いた。わたしはふと、その琴から美しい音色が流れ出たような錯覚に襲われた。貴和子夫人の弾く琴を聴く機会はついになかったけれども、それはきっと優雅で、うちに激しいものを秘めた音色なのに違いない。

こちらに背を向けた貴和子夫人が、右手を口に運んだように見えた。ゆっくりと振り向くと、不思議な微笑を浮かべる。唇が「さようなら」と動いたように見えた。次の瞬間、彼女は糸が切れたように床にくずおれた。

「しまった！」

蓮見警部が駆け寄ったときは、貴和子夫人は絨毯の上で死の苦悶に襲われていた。

「医者だ！　医者を呼べ！」

警部が叫び、出川巡査が応接間を慌ただしく飛び出していく。だが、もう手遅れだった。貴和子夫人のからだは動かなくなっていた。彼女は真山小夜子に飲ませたのと同じ青酸加里を口にしたのだった。いざというときに備えて、琴のどこかに青酸加里のカプセルを隠していたに違いない。わたしたちは、占部家の最後の一人にして希代の殺人者だった女の亡骸を前にして、茫然として立ち尽くしていた。

エピローグ　昭和二十二年・冬

十二月二日の朝。双竜町を離れる前に、兄とわたしは龍星寺の墓地を訪れた。真山小夜子の墓前に、事件が解決したことを報告するためだった。

墓地には誰もいなかった。沁みるように冷たい朝の空気の中、墓石だけがひっそりと立ち並んでいる。

いや、誰もいないのではなかった。小夜子の墓の前に、一人の男が佇んでいるのを見つけた。その男が微動だにしないので、すぐには気がつかなかったのだ。

「兄さん、あの人……」

安藤敏郎だった。花束を手にして、墓石の前で立ち尽くしていた。

気配を感じたのか、安藤が振り向いた。わたしたちの姿を認めて、その顔にかすかな笑みが浮かんだ。

「──あなたたちでしたか。俺の嫌疑を晴らしてくださってどうもありがとう。本当に助かりました」

わたしは尋ねた。

「どうして、自分は文彦氏も立花も殺してはいない、自分は武彦ではない、としか言わず、あとは黙秘していたんですか？」

安藤は答えなかった。ただ悲しげな笑みを浮かべているだけだ。

すると、兄が安藤に言った。

「あなたは、小夜子さんのお兄さんだったのではないですか」

え、とわたしは思わず声を上げた。

安藤は長いあいだ黙っていたあと、ゆっくりとうなずいた。

「よくおわかりになりましたね」

「安藤という名前も、新京で実業家の運転手をしていたという経歴も嘘なのでしょう。だから、あなたは黙秘していた」

「そうです。名前も経歴も、近江八幡の宿で知り合った男から買ったものです。俺の本当の名前は真山亮平（りょうへい）といいます。俺と小夜子は近江八幡で生まれたんですが、小さい頃に両親をなくし、親戚に引き取られました。だけど、折り合いが悪くてね。俺は十六の年にヤクザになろうと思って、妹を残して家を飛び出し東京へ行ったんです。きっと迎えに行くと妹に約束して。まったく馬鹿な兄貴でした。俺は入った組でオヤジに気に入られ運転手をしていましたが、妹との約束を破って、一度も会いに行くことはなかった。戦争が始まるとすぐに兵隊に取られて、何年ものあいだ中国を転々としていました。戦後、復員して妹のことが気になり、近江八幡に戻ってみたんです。そして、妹が双竜町にある占部製糸の工場で工員をしていて、中傷の手紙のせいで自殺したと知った。妹に一度も会いに行かなかった後悔の思いが噴き出して、妹の死を調べなければならないと思った。そうしたら、ちょうど折よく、占部家が運転手募集の新聞広告を出しているのが目に留まった。俺は運転手として占部家に潜り込むことにしました。しかし、真山という名前を名乗るわけにはいかない。そんなとき、安宿で、安藤敏郎という男と知り合ったのです。安藤は重い肺病を患っていて、あと少しの命でした。死ぬ前に北海道の故郷に帰りたがっていたが、旅費すら持っていなかった。だから俺は、持っていたありったけの金を安藤に与えて、安藤の名前や経歴や、名前が記された米穀通帳を買い取ったのです。そうして安藤敏郎として占部家の運転手の職に応募し、首尾よく採用された。

小夜子のことを調べるうちにわかったのは、占部文彦の弟が小夜子と恋仲で、文彦が小夜子に横恋慕し、中傷の手紙を出したらしい――ということでした。俺は文彦社長の運転手だったから、いつも社長を観察していた。しかし、彼が中傷の手紙を出したとはどうしても信じられなかった。俺が小夜子の死をさりげなく持ち出しても、動揺する様子はまったくなかったからです。かといって、それ以外の人間が小夜子に中傷の手紙を出したとも思えなかった。俺の知っている小さい頃の小夜子は物静かで控えめで、友達と遊ぶよりも独りで本を読んでいるのを好むような娘でした。話を聞く限り、大人になってもそれは変わらなかったようだった。そんな妹が、中傷の手紙をばらまかれ自殺に追いやられるほど誰かに憎まれるなど、どうしても信じられなかった。川宮さんの推理で初めて、真相を知ることができました。まさか、あんなひどい理由のために手紙をばらまかれ、殺されたとは夢にも思わなかった……」

「友達と遊ぶよりも独りで本を読んでいるのが好きな小夜子さんの性格が、犯人たちにとっては好都合だったのです。人と交際するのが好きで、打ち明け話も積極的にするような性格だったら、本人の死後、武彦とこっそり付き合っていたという嘘が持ち出されたとき、彼女にはそんな相手はいなかった、と反論する人間が出てくるでしょう。しかし、小夜子さんのような性格ならば、こっそり付き合っていたというのもありえないではない、と周りの人間は思うでしょう。それこそが犯人たちの狙いでした」

安藤——いや、真山亮平はやりきれないというようにため息をついた。

「しかし、まさか奥様が犯人だとは思わなかった。あの人は優しく、思いやりがあって、使用人にとってはとてもいい主人のように思えていたのに……。あの人は謎です。自分の計画のために、共犯者の武彦を、そして小夜子の命を奪ったのも事実なら、俺が警察に連行されたとき本気で心配してくれたのも事実です。あの人の中には、利己的で冷酷な面と、優しく穏やかな面が同居していた。どちらがあの人の本当の姿だったのか、俺にはわからない……」

「きっと、どちらともがあの人の本当の姿だったのでしょう」

兄が言うと、真山亮平はうなずいた。

細部まで注意を払う綿密さと、度肝を抜くような大胆さと行動力。貴和子夫人は、占部製糸の経営の実権を握れば、確かに優れた経営者となったかもしれない。不幸なのは、彼女がその能力を十全に活かせたのが唯一、犯罪だということだった。

「あなたはこれからどうするつもりですか？」

わたしは真山亮平に尋ねた。貴和子夫人が亡くなり、占部家が絶えた今となっては、運転手の彼も職を失うことになるのだった。

「大阪にでも行くつもりですよ。小夜子の死の謎も解けたし、この町にはもう用はありません。小夜子が最後の日々を過ごしたこの町に留まり続けるのは、俺には辛すぎますし」

「そうですか……」

兄は腕時計をちらりと見た。北陸線の列車の時刻が近づいている。わたしたちは墓石に合掌し、運転手に別れを告げると、双竜駅へと歩き始めた。

参考文献

『夜歩く』ジョン・ディクスン・カー、井上一夫訳　創元推理文庫
『犬神家の一族』横溝正史　角川文庫
『悪魔が来りて笛を吹く』横溝正史　角川文庫
『悪魔の手毬唄』横溝正史　角川文庫
『霊魂の足』角田喜久雄　創元推理文庫
『群青の湖』芝木好子　講談社文庫
『歴史家の案内する滋賀』滋賀県立大学人間文化学部地域文化学科編　文理閣
『昭和　二万日の全記録』第7巻、第8巻　講談社
『戦中派不戦日記』山田風太郎　講談社文庫
『戦中派焼け跡日記』山田風太郎　小学館文庫
『戦中派闇市日記』山田風太郎　小学館文庫
『東京焼盡』内田百閒　中公文庫
『戦後値段史年表』週刊朝日編　朝日文庫
『AIとカラー化した写真でよみがえる　戦前・戦争』庭田杏珠・渡邉英徳（「記憶の解凍」プロジェクト）　光文社新書
『別冊太陽　地図と写真でみる 半藤一利「昭和史 戦後篇1945-1989」』株式会社地理情報開発編　平凡社
『ある警察官の昭和世相史』原田弘　草思社
『増補版　時刻表昭和史』宮脇俊三　角川文庫
『時刻表　昭和二十二年　特輯号』日本交通公社出版事業局
『敗戦国ニッポンの記録　昭和20年～27年　米国国立公文書館所蔵写真集　上巻』半藤一利編著　アーカイブス出版

解説

香気溢れる、意想外のパズラー　～白い仮面はいかに改訂されたか？～

阿津川辰海

1の音　その思い出

優れた推理小説は、たった一言で世界の見え方を変えてしまう。あなたが手にしているのは、その証左だ。

大山誠一郎が書く本格ミステリーに、高校の頃からずっと魅了されてきた。今でも鮮明に覚えているのは、二〇一〇年にPSPから発売された推理ゲーム『TRICK×LOGIC』のことだ。ゲームのシナリオには我孫子武丸、綾辻行人、有栖川有栖、大山誠一郎、黒田研二、竹本健治、麻耶雄嵩ら錚々たる面々が参加していた。大山が書いた第四話「切断された五つの首」を、私は高校時代の友人と放課後マックに入り浸って読んだ。二人で頭を悩ませ、遂に解決の糸口を摑み、事件の「見え方」が変わった瞬間、二人同時にアッと叫び、勢いよくハイタッチした。私にとって、「謎を解く」という体験の中核には、確かに大山誠一郎がいた。

本作『仮面幻双曲』は著者の、現状唯一の長編作品であるとともに、作者らしい魅力が横溢する力作である。初読時、類を見ないメイントリックに大いに驚き、再読して作者の周到な計算に舌を巻いたことを覚えている。この解説の後半で指摘する通り、元版（二〇〇六年刊行）から大幅に手が加わっているため、初めて読む方はもちろん、元版を既読の方にも、ぜひこの文庫版を手に取ってほしい。

2の音　その物語

昭和二十一年、戦後間もない冬。双子の弟、占部武彦は、整形外科医の増尾に整形を依頼し、全く別の顔に変わった。彼は証拠を残さぬよう増尾を殺害、自分の兄である文彦の身辺に忍び寄る。一方、滋賀県長浜市にある双竜駅には、私立探偵である川宮圭介・奈緒子兄妹の姿があった。彼らは、占部兄弟の伯母である貴和子に、文彦の身辺警護及び武彦探しを依頼されたのだ。しかし——誰が顔を変えた武彦なのか？

本格ミステリーは先人・先行作へのリスペクトを重んじるジャンルだが、大山誠一郎はその傾向が特に強い。それゆえに、大山作品の世界には、様々な名作の魅力が木霊のように響き合っている。「顔を変えて殺人を企む」点は、ジョン・ディクスン・カー『夜歩く』への挑戦であり、双子を冒頭で堂々と登場させる展開も、「この推理小説のメイントリックは、双生児であることを利用したものです」と劈頭（へきとう）で宣言する西村京太郎『殺しの双曲線』を彷彿（ほうふつ）とさせる。横溝正史の影響も大きく、全体のトーンのみならず、「七の奏　復興の街」で、ある情報を求め東京に出張するのは「金田一耕助西へ行く」（『悪魔が来りて笛を吹く』中の一章）を思わせる。

著者は小説家として本格的にデビューする前、翻訳家として活動し、エドマンド・クリスピン『永久の別れのために』、ニコラス・ブレイク『死の殻』を邦訳している。このうち前者の訳者あとがきにおいて、『永久の～』を、アガサ・クリスティなどイギリスの作家がよく取り組むpoison-pen-letter-themeの作品だと評し、こうした「中傷の手紙」が登場する関連作を挙げている。『仮面幻双曲』ではまさしく「中傷の手紙」が登場する。このアイテムが、昭和を舞台にした日本のミステリーに、翻訳小説めいた雰囲気を加えており、独特の香気を纏（まと）わせている。

3の音　その評価

しかし、二〇〇六年刊行の『仮面幻双曲』元版は、評価が大きく分かれる作品だったことは否めない。例えば千街晶之は「本格としてかなり凝った力作ではあるのだが、著者の持ち味である淡白なキャラクター描写が弱点となっている印象を受ける」（『密室蒐集家』解説）と評し、福井健太は、そのパズラー性を高く評価する文脈とはいえ、「時代性を感じさせないのは、年代設定がアイデアを成立させるための便宜に過ぎないからだ」（『アルファベット・パズラーズ』解説）と指摘した。『2013本格ミステリ・ベスト10』のインタビューにおいて、大山は「私は典型的な短編作家だと思います。……長編を書くには、いろいろとアイデアを組み合わせて物語をふくらませる〝持久力〟が必要なんですけれど、それには欠けているみたいで」と述べており、こうした評価に対する忸怩（じくじ）たる思いが滲（にじ）んでいるように見える。

こうした評価や発言を引いてきたのは、決して本書の価値を貶（おとし）めるためではない。むしろ、大山が右に指摘されたような弱点に応えるような形で、文庫版『仮面幻双曲』で徹底的な改稿を行ったことを強調するためだ。大山は彫琢（ちょうたく）を怠らない作家だ。事実、大山作品では文庫化に際し推理の強度を高めるための改稿が行われることがあり、「柳の園」（『密室蒐集家』収録）、「パンの身代金」（『赤い博物館』収録）などが代表例だが、本作に施された改稿量は、それらの比ではない。

私はデビュー当初、担当編集者に「小説家は『何を書くか』も大事だが、『いかに直すか』も大事だ」と教えられた。その意味で、『仮面幻双曲』がいかに直されたか――改装されたかを辿（たど）ることは、稀有（けう）な体験になり得るのだ。

4の音　その改稿

〝(……)単行本版はあちこちに大きな穴があるうえ(①)、サスペンスに欠け(②)、昭和二十年代前半の雰囲気もまったく出ていない(③)ので、書き直しが必須なのです(……)〟(二〇一六年六月三十日の作者ツイッター、@oyama_seiichiro)

作者・大山誠一郎は『仮面幻双曲』の改稿の必要性について、右のようにコメントしている。①・②・③は便宜のために解説者が加えたものだ。

著者が意識していた三つの問題点を念頭に置いて、元版と文庫版を比較すると、まず、「一の奏　隠された顔」の冒頭から驚かされる。事件の舞台となる滋賀県の風物描写、町の活気の描写が潤沢に追加され(③。ここだけでなく、「七の奏」における東京の描写にも注目)、元版ではすぐさま依頼人である貴和子のもとに向かっていたが、その前に小夜子(さよこ)の一回忌の光景、〈マドモアゼル〉の姉妹の不吉な会話などがさりげなく点描される。おどろおどろしい描写などに頼らなくても、このように情報の出し方・順序を工夫するだけで、②のサスペンスは醸成出来ることを、著者は示してみせた。小夜子の一回忌から書き始めることによって、「中傷の手紙」によって死に追いやられた小夜子の哀話が物語の中で首尾一貫し、また、小夜子のエピソードを元版以上に印象的に書いたことによって、登場人物間の関係も整理しやすくなったのも②の改善に一役買っている（元版では「小夜子」の本名が初めて登場するのは八一／二五〇ページ、つまり全体の約三分の一の箇所。それまでは「女子工員」などと極めて抽象化された記号で呼称されるため、小夜子という女性の印象が残りにくくなっていた。エピローグの余韻が元版より強くなっているのはそのためだ）。

分量にも着目。元版は原稿用紙換算で三七五枚だったが、文庫版は四〇六枚と微増している。しかし、この枚数から受ける印象以上に、エピソードや時代描写はかなり加筆されている。①に関連する「第二の殺人」のトリックに至ってはほとんど新作になっている。元版ではリスキーな犯行計画となっていたが、「人喰い沼」を削除し、参考文献の一冊である芝木好子『群青の湖』を経て「琵琶湖」の描写を加筆することで、③が充実するのみならず、犯人側のリスクをフォローしている。「露見しかねない」瞬間こそ残っているものの、「事後」のリスクは潰されているのだ。

それでもなお微増に留まっているのは、著者が追加・加筆だけでなく、不要な要素の削除やエピソードの配列の整理を余念なく行ったためだ。例えば、文庫版では、解決時に犯人を特定するための条件が五から四に減っている。では、謎解きの精度は下がっているのか？　そうではない。むしろ、この「第五の条件」を削除したことで、犯人の不自然な行動が減り、犯行のリスクが低下しているのだ。ただ減らしただけでなく、効果的な減らし方を選んでいると言える。

エピソードが増えているのに枚数が増えていないのは、理想的な改稿と言えるだろう。小説としての強度を上げながらも、贅肉(ぜいにく)を削(そ)ぐことが出来た証拠になるからだ。『仮面幻双曲』の改稿はまさにその好例である。

小説家が時を経て作品に手を加えた場合、そこには、「それまで」の著者の姿と「それから」の著者の姿が二重写しとなって作品に現れる。翻訳小説の香気と古典へのリスペクトが一体となって、ロジックに奉仕する「それまで」の姿。そして、本書の刊行後、時を超えた情念を推理の形で描く〈赤い博物館〉シリーズを経た「それから」の著者だからこそ、「小夜子」という女性を軸に、彼女の哀話を冒頭と末尾で一貫するように配置する構成に整理することが出来たのではないかと私は考える。

ここには、大山誠一郎の「それまで」と「それから」がある。

さながら双子の兄弟のように。

（あつかわ・たつみ／作家）

本書のプロフィール

本書は、二〇〇六年七月に小学館から刊行された同名小説を大幅に加筆改稿して文庫化したものです。

小学館文庫

仮面幻双曲

著者　大山誠一郎

二〇二三年六月十一日　初版第一刷発行

発行人　石川和男
発行所　株式会社　小学館
〒一〇一-八〇〇一
東京都千代田区一ツ橋二-三-一
電話　編集〇三-三二三〇-五六一六
販売〇三-五二八一-三五五五
印刷所——大日本印刷株式会社

この文庫の詳しい内容はインターネットで24時間ご覧になれます。
小学館公式ホームページ　https://www.shogakukan.co.jp

ISBN978-4-09-407263-1